KB272960

혜화동 한옥에서 치매 엄마랑 살아요

혜화동 한옥에서 치매 엄마랑 살아요

김영연 지음

문학세계사

엄마가 치매 환자가 되었다. 그 사실은 어느 날 갑자기 찾아온 불청객이 아니었다. 아주 조금씩, 서서히, 마치 가랑비에 옷이 젖듯 내 삶에 스며들었다. 처음엔 이상하다는 희미한 예감이 들었고, 그다음엔 '설마' 하는 불안이 뒤따랐다. 그리고 어느 순간, 더는 외면할 수 없는 진실 앞에서 나는 멈춰 섰다.

인생의 많은 일이 그렇듯, 시작은 분명했지만 정확히 어디서부터였는지는 알 수 없었다. 정신을 차려 보니 어느새 거세게 흐르는 강 한가운데 있었다. 나는 평생 받는 쪽이었고, 엄마는 늘 주는 쪽이었다. 모녀 사이의 사랑에도 저울이 필요하다고는 단 한 번도 생각해 본 적이 없다. 사랑은 본래 계산 바깥에 있다고 믿었고, 엄마는 언제나 그 바깥에서 나를 온전히 감싸주는 사람이었다. 그런데 살다 보니, 가장 가까운 관계일수록 언젠가는 그 사랑의 빚을 정면으로 마주해야 하는 날이 온다. 피하려 할수록 그 무게가 오히려 더 또렷해지는, 그런 날 말이다.

"내는 다 알아서 한데이. 난 괘안태이."

"엄마, 뭐가 맨날 괜찮아요? 이제는 진짜 할매가 되었는데…”

“너나 잘 살아래이. 내 걱정은 한 개도 하지 마래이.”

엄마의 투박한 말투는 기억의 안개 속에서도 길을 잃지 않게 해 주는, 내게 남은 유일한 이정표였다. ‘괜찮다’라는 짧은 한마디에 숨겨진 아흔 해의 인내를, 혜화동의 좁은 골목을 돌며 마음으로 읽어가기 시작했다. 아홉 남매의 둘째로 태어나 당신의 몫보다 큰 짐을 지고 살아온 삶. 네 자식을 키우며 자신을 돌볼 틈조차 허락하지 않았던 고단한 삶 속에서, 그 말은 단순한 다짐이 아니라 엄마의 몸에 밴 슬픈 언어였다.

단정하고 강단 있던 엄마가 치매라는 진단을 받았을 때, 내 세상을 지탱하던 견고한 기둥이 흔들리기 시작했다. 그러나 무너지는 마음을 붙잡고 내 형편을 저울질할 겨를은 없었다. ‘엄마가 나를 어떻게 키워냈는데…’ 가슴 밑바닥에서 뜨겁게 치밀어 오른 그 마음 하나가 나를 움직였다. 내가 엄마의 처지였다면, 엄마는 결코 나를 홀로 두지 않았을 것이라는 확신 때문이었다.

나는 엄마가 50년 동안 깊이 뿌리내리고 살았던 울산의 삶을 정리했다. 그리고 서울 혜화동, 유진하우스로 엄마를 모셔 왔다. 엄마라는 거대한 일생이 내 삶으로 이주해 온 그날부터, 나의 일상은 낯설고도 깊은 숲 한가운데로 들어선 듯했다.

세계 각국에서 온 여행객들이 머무는 이 열린 공간은 엄마에게 때로는 낯선 즐거움이었지만, 동시에 감당하기 힘든 혼란이기도 했다. 엄마의 무질서를 견디지 못해 내 영혼이 메말라 가던, 전쟁 같은 시간들이 있었다. 보따리를 싸서 외가에 간다며 집을 나섰다가 경찰의 도움으로 돌아오는 날도 몇 차례나 있었다. 외국인들의 활기찬 웃음소리가 마당을 채울 때, 안방에서 기억의 조각을 놓치지 않으려 애쓰는 엄마의 사투는 서글프도록 고요했다. 가장 역동적인 여행의 한복판에서 나는 한 발짝도 떼지 못한 채, 마음의 감옥에 갇히곤 했다.

그러나 치열한 충돌 끝에 엄마의 '엄마다움'이 다시 수면 위로 떠올랐다. 엄마는 아주 오래전 내려놓았던 코바늘을 다시 잡았다. 떨리는 손길로 한 땀 한 땀 엮어 내려간 것은 알록달록한 수세미였다.

그 수세미들은 혜화동을 찾아온 이방인들에게 하나씩 선물로 건네졌다. 엄마의 온기를 품은 작은 편물들은 여행자들의 배낭에 실려 세계 곳곳으로 흩어졌다. 비록 언어는 통하지 않아도, 수세미 한 장에 담긴 정성은 국경을 넘어 어느 먼 나라의 부엌에서 반짝이고 있을 것이다.

엄마가 짠 수세미는 이제 더 이상 낡은 기억을 닦아내는 도구가 아니었다. 그것은 당신이 여전히 세상에 존재하며 누군가에게 기쁨을 줄 수 있음을 증명하는, 가장 고귀한 증

거였다. 험난한 세월을 버티느라 엄마의 인생은 강해질 수
밖에 없었다. 이제 생의 끝자락에서 엄마는 본연의 부드러
움을 되찾아가고 있다.

　삐걱거리는 한옥의 문 소리가 엄마의 거친 숨소리와 닮
았다고 느낀 밤이 있었다. 마당 위로 쏟아지는 햇살은 누구
에게나 공평했지만, 그 볕 아래서 기억의 실타래를 푸는 엄
마의 뒷모습은 유독 시리고도 따스했다. 엄마의 기억은 조
각났을지언정, 평생 몸에 밴 특유의 배려와 다정함은 안개
속에서도 빛을 잃지 않고 반짝였다. 사랑이란 내 기준의 잣
대로 상대를 교정하는 것이 아니라, 상대의 어긋난 발걸음
에 내 보폭을 맞추는 것이라는 지혜를 겨우 배우게 되었다.

　치매는 엄마의 기억을 지워 갔지만, 그 빈자리에는 내가
미처 몰랐던 ‘여자’로서의 엄마, 그리고 어린아이 같은 순수
함이 채워지기 시작했다. 이것은 상실에 관한 기록인 동시
에, 새로운 만남에 관한 기록이다. 이전의 책 『나는 혜화동
한옥에서 세계여행 한다』가 혜화동에서 온 세계를 품었던
이야기였다면, 이번 기록은 혜화동 골목에서 길을 잃어 가
는 엄마의 손을 맞잡은 이야기다. 엄마 곁에 머물며 발견한
진정한 자유. 그것은 내 인생에서 가장 길고도 치열한 ‘마음
의 여행’이었다.

　이 기록이 엄마의 치부까지 세상에 드러낼지도 모른다
고 말씀드렸을 때, 엄마는 자세한 내용은 묻지도 않고 그저

환하게 웃으셨다. "오냐오냐, 뭐든 니 좋은 대로 해래이." 마
치 엄마를 팔아서라도 하라는 듯한 그 무조건적인 허락 앞
에서 가슴이 저려 온다. 딸이 하는 일이라면 그저 믿어 주는
그 마음 앞에서, 이제는 "엄마, 미안해요"라는 말이 입술 끝
에 늘 걸려 있다.

치매는 엄마에게서 많은 것을 앗아 갔지만, 대신 나에게
'지금 이 순간'만을 사랑하는 법을 가르쳐 주었다. 이 기록은
비단 한 노인의 투병기가 아니라, 삶의 가장 막다른 골목에
서 마주한 애틋한 이야기다. 우리 모두가 언젠가 겪게 될 이
별을 준비하는 사랑법에 대한 고백이기도 하다.

치매가 찾아오기 전에도 엄마는 나의 엄마였고, 치매가
찾아온 뒤에도 그대로 나의 엄마다. 그 변함없는 사실 하나
가 전쟁처럼 시작된 이 시간 속에서 나를 끝내 물러서지 않
게 한다. 오늘도 나는 길을 잃어 가는 엄마의 손을 잡고, 가
장 아름다운 마지막 여행을 이어 간다.

혹시 당신도 사랑하는 누군가의 손을 잡고 길을 잃어 가
는 중이라면, 우리의 서툰 여행기가 앞날에 든든한 지도가
되기를 바란다.

차례

02 서까래에 걸린 그리움의 조각

03 낡은 나무결에 새겨진 당신의 이름

04 우리의 시간은 처마 끝에서 완성된다

대문을 열고 들어온 건 낯선 괴물이었다.
엄마의 입술에서 터져 나온 거친 말들이
정갈한 서까래 사이를 칼날처럼 파고들 때,
나는 비로소 깨달았다.
평화롭던 혜화동 한옥에
가장 슬프고도 치열한 전쟁이 시작되었음을.
우리가 알던 엄마를 지키기 위해
나는 매일 밤 '착한 거짓말'이라는 방패를 든다.

01

어제의 햇살이 머문 자리

전쟁의 서막: 가장 치열했던 순간들

엄마의 그림자, 나의 전투:
"내! 다 죽일끼다!"

한밤중이었다. 숨을 죽인 채 눈을 떴다. 어둠 속에서 현관 쪽으로 향하는 발소리가 들렸다. 엄마였다. 느리고 조심스러운 발걸음. 마치 이 세상이 아닌 다른 세계의 문턱을 넘으려는 사람 같았다.

“엄마, 이 밤중에 또 어디를 가려고요.”

조용히 불러 보았으나 내 말은 이미 늦어 있었다. 한숨 돌릴 틈도, 망설일 틈도 없이 엄마의 하루는 시작되고 있었다. 치매라는 이름의 전쟁이 조용히, 그러나 단호하게 우리 집 문을 열어젖혔다. 어둠 속에 길게 늘어진 그림자, 힘없이 흔들리는 지팡이, 가늘게 떨리는 어깨…… 낮 동안 평범하고 익숙했던 실루엣들이 깊은 밤의 고요 속에서는 공포와 불안의 형상으로 변해 나를 압도해 왔다.

현관문 앞을 가로막아 서서 엄마를 방으로 돌려세웠다. 제발 돌아가 주무시라고 애원하듯, 엄마의 등을 살짝 밀어 이불 위에 앉혀 드리는 순간이었다. 엄마는 그만 중심을 잃고 엉덩방아를 찧고 말았다.

“미쳤나, 와이라노! 사람을 마구잡이로 떠다 밀어쌌노. 사람 잡네. 아이구, 아파래이~!”

날카로운 비명이 터져 나왔다. 나는 도망치듯 방을 빠져나와 불을 끄고 문을 닫았다. 차가운 문고리를 소리 나지 않게 돌려, 손바닥이 하얘지도록 꽉 움켜쥐었다. 이 짙은 어둠이 지금의 비극을 잠시라도 가려 주기를 바랄 뿐이었다.

불이 꺼지자마자 문 너머에서 거친 손길이 문고리를 잡아챘다. 문이 열리지 않자 주먹으로 문을 두드렸다. 그래도 반응이 없자 날카로운 발길질이 뒤따랐다. 평소엔 연약하기만 했던 엄마가 어디서 저런 괴력을 끌어내는지 모를 일이었다.

"이 가시나들이 인자 나를 방구석에다 가둬 둘라카네. 똥 누러 갈 수도 없고, 오줌 누러 갈 수도 없네!"

엄마의 목소리는 평소의 부드러움을 잃고 점점 날카로운 칼날이 되어 내 가슴에 박혔다.

"못된 가시나들. 내가 다 죽일끼다. 목을 다 빼 버릴……."

차마 엄마의 입에서 나왔다고 믿기 힘든 섬뜩한 말들이었지만, 나는 끝까지 듣지 못했다. 아니, 듣고 싶지 않았다는 편이 맞을 것이다. 평생을 인내와 헌신으로 살아온 저 입술 뒤에, 이토록 모진 말들이 어디에 숨어 있었던 것일까.

삶의 무게에 눌려 마음 깊은 곳에 가라앉아 있던 응어리가 치매라는 균열을 타고 뜨거운 용암처럼 솟구쳐 오르는 것일까. 그 독기 어린 말들은 사실 누구를 향한 칼날이 아니라, 평생을 억누르며 살아온 고단한 생애가 내뱉는 절규 섞인 비명처럼 들려왔다.

나는 문밖에서 숨을 죽였다. 떨리는 손으로 문고리를 붙잡은 채, 안으로 들어갈 수도 멀리 도망칠 수도 없는 아득한 절벽 끝에 서 있었다. 엄마와 나 사이의 문 하나가 세상에서 가장 먼 거리처럼 느껴졌다.

"아이구, 분해라. 분해라!"

분노는 폭발해 흩어지지 않고, 일정한 리듬을 그리며 반복되었다. 엄마의 거친 욕설 속에는 가상의 적들이 가득했다. 어린 시절의 이모들, 데이케어센터의 선생님들…… 그 독설의 화살이 단지 나만을 향하고 있는 것이 아님을 알아차린 순간, 팽팽하게 당겨져 있던 마음의 줄이 아주 조금 풀렸다. 엄마는 그 짙은 어둠 속에서, 기억이 만들어 낸 환영들과 홀로 처절하게 사투를 벌이고 있었다.

나는 어둠 속에서 문고리를 생명줄처럼 붙들고 있었다. 문 너머에서는 엄마가 밖으로 나오겠다며 거칠게 문을 흔들었고, 나는 온몸의 무게를 실어 그 문을 지탱했다. 문고리를 잡은 팔이 저려 오고 손가락의 감각마저 무뎌졌지만, 차마 손을 놓을 수 없었다. '정말 화장실이 급한 건 아닐까' 하는 죄책감이 잠시 스쳤으나, 문을 열어야 할 이유와 닫아야 할 이유는 같은 무게로 나를 짓눌렀다. 문을 여는 순간 평화는 깨질 것이고, 문을 닫고 있는 한 내 영혼은 깎여 나갈 것이었다.

문 너머의 거친 숨소리와 나의 가쁜 숨소리가 겹쳐질 때쯤, 시간은 이미 의미를 잃고 흘러가고 있었다. 그것은 돌봄이라는 이름의 고귀한 행위라기보다, 서로의 절망을 확인하는 치열한 의식에 가까웠다. 그 지독한 대치 속에서 사랑이란 때로 상대의 손을 잡는 것이 아니라, 서로를 보호하기 위해 그 모진 문고리를 끝까지 놓지 않는 인내였다.

날이 밝았다. 엄마는 언제 그런 폭풍이 불었냐는 듯, 아무 일도 없었다는 얼굴로 아침을 맞이했다. 아침상을 준비하는 내 귓가에는 어젯밤 엄마가 내지르던 비명이 환청처럼 맴돌고 있었다. 그날 밤, 엄마가 무의식 중에 뱉어 낸 날카로운 말들은 화살이 되어 내 영혼 깊숙이 박혀 있었다.

그런 속도 모른 채, 엄마는 다시 어제의 천사 같던 우리 엄마로 돌아와 다정하게 말했다.

"암 것도 안 해도 된대이. 내사 안 묵어도 벌써 배부르다."

다정하게 건네는 그 말이 갑자기 공포로 다가왔다. 어젯밤 나를 향해 쏟아내던 그 서슬 퍼런 비명은 어디로 갔을까. 나는 급히 주방을 두리번거리며 칼을 찾았다. 그러나 늘 있어야 할 자리에 칼은 보이지 않았다.

"뭐 찾노?"

"칼요."

"칼? 칼은 아무 데나 놓으면 안 된대이. 내가 요 아래 숨겨 놨다."

엄마가 가리킨 곳은 소파 아래였다. 날카로운 쇳덩이는 그 어둡고 좁은 틈새에 몸을 숨기고 있었다. 엄마는 평온한 얼굴로 소파 위를 양손으로 부드럽게 쓸어내렸다. 마치 잠든 아이를 달래는 듯한 그 평화로운 손길 앞에서 나는 잠시 눈을 감았다. 조용히, 주방 한편에 놓인 다른 칼들도 엄마의 시선이 닿지 않는 깊숙한 곳으로 옮겼다.

이 전쟁은 끝난 것이 아니었다. 다만 잠시 숨을 고르는 짧은 휴전일 뿐이었다. 무너진 마음을 추스르며, 나는 내일 다시 찾아올 어둠을 견뎌낼 준비를 한다. 인간의 사랑이란, 이토록 연약하고도 고단한 인내를 요구하고 있었다.

누나, 물묵이 뭐야:
이상한 말을 하기 시작한 엄마

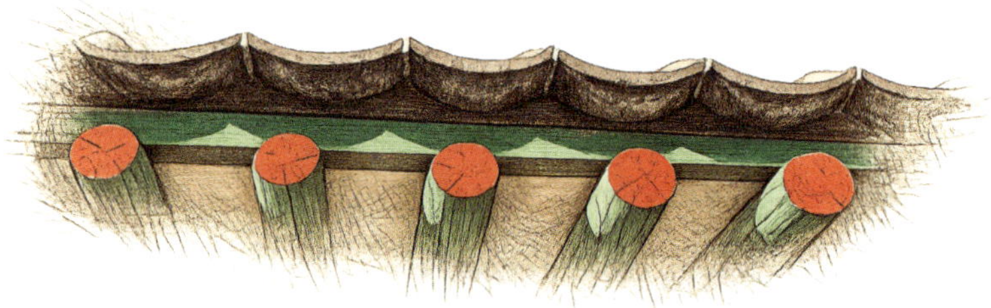

전화기 너머로 엄마의 목소리가 느리게 흘러나왔다. 오래된 라디오처럼, 먼 숨결이 전선을 타고 번졌다.

"어, 나 여 감청까(甘川家)에 와가꼬 큰방에 누워 있대이. 방이 뜨시니께 좋으네." 순간 심장이 굳었다. 손바닥 안의 전화기가 돌처럼 무거워졌다. 감천가? 엄마가 늘 "감천가

간다" 하던, 경상북도 구미시 고아읍 쪽 그 외가 말인가. 혼자서는 울산집 대문 밖도 나서기 힘든 엄마가 거기까지 갔을 리 없었다. 그런데도 엄마의 말은 망설임 없이, 너무나도 명확한 사실처럼 놓여 있었다.

"엄마, 언제 외가에 가셨어요? 누구랑요? 외삼촌이랑 외숙모는요?"

질문이 쏟아졌지만, 머릿속에서는 '왜'라는 물음만 벽에 부딪혀 되돌아왔다.

"볼일 보러 나간는갑따."

짧은 대답 뒤로 공기가 끊겼다. 숨 쉬는 법을 잠시 잊은 사람처럼 나는 굳어 있었다. 내 목소리가 닿기도 전에 엄마는 이미 우리가 알지 못하는 어느 먼 장소로 미끄러져 들어가고 있었다. 다급히 오빠에게 전화했다.

"엄마 지금 어디 계셔?"

"집에 계시는데? 무슨 소리야."

엄마는 울산 집에 계셨지만, 마음은 이미 고향집 구들장에 가 닿아 있었다. 우리가 발 딛고 있는 현실이 뒤로 물러나고, 엄마만의 다른 현실이 그 자리를 차지하고 있었다. 오빠가 덤덤하게 덧붙였다.

"가끔 그러시더라."

'가끔'이라는 단어는 결코 가볍게 넘길 수 있는 무게가 아니었다. 그 평범한 말 속에는 내가 감당하기 어려운 삶의 균열이 깊게 패어 있었다.

며칠 전, 엄마는 울산 병영사거리 한복판에서 길을 물었다고 했다.

"물묵 가는 길이 오덴교."

지나가는 사람 누구도 그 뜻을 알지 못했다. 엄마를 찾으러 나섰던 동생조차 이해하지 못한 채 내게 물었다. "물묵이 도대체 무슨 말이야?"

잠시 말을 잇지 못했다. 물묵은 엄마가 어린 시절 자주 오가던, 선산 외가 근처 작은 마을의 이름이었다. 엄마가 어디로 향하고 있었는지 선명하게 이해할 수 있었다. 사람은 기억을 잊어도, 몸에 밴 길은 끝내 지워지지 않는 모양이었다.

오래도록 엄마의 총명함을 믿어 왔다. 그 믿음은 내 삶의 바닥을 단단히 지탱해 주던 주춧돌이었다. 하지만 그날, 그 주춧돌이 소리 없이 부서지고 있었다. 우리 외가에서 가장 똑똑했던 둘째 딸, 나의 엄마가 현실과 환상 사이의 미끄러운 틈새로 조금씩 멀어지고 있었다.

이후로 이상한 일들은 소리 없이 이어졌다. 미역국에 야쿠르트를 붓고, 주머니마다 휴지를 가득 채워 넣었다. 화장실 물 내리는 법을 잊고, 사용한 휴지를 방 한쪽에 차곡차곡 쌓아 두기도 했다. 계절을 잊은 채 옷을 서너 겹씩 껴입는 모습은 이제 기이한 풍경이 아니라 일상이 되었다.

"아이구, 놀래래이."

엄마는 자주 놀랐다. 밤중에 누군가가 문을 두드리는 환청이 들리면, 잠결에도 "예, 나갑니데이." 하며 문을 열어 주려 했다.

"엄마, 아무한테나 문 열어 주면 절대로 안 돼요. 꿈속에서라도 누가 같이 가자고 하면 따라가면 안 돼요."

나는 간절하게 당부했다. 하지만 내가 할 수 있는 일이라곤 그저 무력한 관찰자가 되어 숨을 죽이는 것뿐이었다. 방바닥에 흩어진 커피 가루, 여기저기 나뒹구는 휴지 뭉치들. 그 사소한 어긋남 속에서 엄마는 아무렇지 않게 자신만의 세계를 살아가고 있었다.

엄마는 자꾸만 아주 먼 시간 속의 장소를 헤맸다. 장날이면 대장장이였던 외할아버지를 따라나서서 묵묵히 풍구질을 했다는 어린 시절의 이야기가 엄마의 입을 통해 다시 살아났다. 엄마는 외할아버지를 도우며 '물묵'을 오가던 그 기억의 미로 속에 갇혀 있는 듯했다. 어린 딸에게 장날마다 아버지를 따라다니는 일은 고된 노동이었을 것이다. 엄마는 힘들다는 투정 대신, 그저 마음 한구석이 '부끄러웠다'고 회상했다. 외할아버지 앞에서는 차마 내비치지 못했을 그 수줍은 진심을 누른 채, 엄마는 묵묵히 아버지의 손과 발이 되어 그 곁을 지켰을 것이다.

그것은 어린 딸이 짊어지기엔 너무 무거운 책임감이었을지 모른다. 하지만 엄마는 그 책임을 다하려고 매번 장날의 길을 나섰다. 세월이 흘러 기억의 끈이 느슨해진 지금까지도, 엄마는 그 오래된 책임감에서 놓여나지 못한 채 아직도 누군가의 손과 발이 되려 애쓰고 있었다. 어쩌면 엄마에게 치매는 기억의 상실이 아니라, 가장 그리운 시절로 돌아가는 긴 여행일지도 모르겠다는 생각이 들었다.

나는 평생 엄마처럼 살지 않으려고, 그 지긋지긋한 희생의 굴레를 쓰지 않으려고 도망치듯 살아왔다. 그러나 내가 멀리 달아났다고 믿었던 순간에도 엄마는 어느새 내 뒤를 소리 없이 따라와 엉클어진 내 삶의 자락들을 수습하고 있었다. 나의 상처와 실수를 엄마는 묵묵히, 삶 전체로 맞서 내고 있었다.

그런 엄마가 이제는 자기 자신조차 지킬 수 없는 상태가 되어 내 앞에 서 있다. 우리는 이제 아무런 가림막도 없는 허허벌판에서 함께 길을 헤매고 있다. 평생 나의 길을 닦아 주던 길잡이는 사라지고 있었다. 내가 도망치려 했던 그 엄마의 손이, 사실은 나를 지탱하던 무게중심이었음을 알았다.

이것은 내 힘만으로 헤쳐 나갈 수 있는 길이 아니었다. 하지만 그 짙은 안개 속에서, 마음 깊은 곳으로부터 들려오는 작은 음성이 있었다. 치매를 앓는 엄마가 다시 나에게 다가온 것은 단순한 불운이나 가혹한 숙명만은 아니라는 사실.

그것은 엄마가 평생 나를 위해 묵묵히 해 왔던 그 수습의 시간을, 이제는 내가 엄마의 영혼을 향해 되돌려 주어야 한다는 부름이었다. 이 어둠의 터널은 나라는 존재를 다시 빚어 내기 위해, 그리고 엄마의 마지막 여행을 존엄하게 완성해 주기 위해 허락된 두 번째 기회임을 나는 조금씩 알아 가기 시작했다. 엄마의 평안을 지켜 내야 한다는 그 막중한 책임감을, 나는 이제 더 이상 회피하고 싶지 않았다.

그날 밤, 엄마가 내 이름을 불렀다. 어둠 속에서 길을 잃은 사람이 손을 더듬어 누군가를 찾듯 부르는 목소리였다. 공포와 혼란, 그리고 설명할 수 없는 그리움이 그 목소리를 타고 내 안으로 천천히 스며들었다.

창밖으로 아침 햇살이 비쳐 왔다. 엄마는 평온한 얼굴로 잠들어 계셨다.

내일도 엄마는 아버지가 기다리는 '물목'으로 가는 길을 다시 물을지도 모르겠다.

할머니하고 목욕하고 올게요:
치매 엄마를 속이는 '착한 거짓말'

울산에 간 유진이에게서 카톡이 왔다.

"엄마, 지난번에 할머니랑 갔던 사우나가 어디였어요?"

한참 동안 얼어붙은 듯 화면을 바라보았다. 분명 함께 다녀온 곳인데도 이름이 금방 떠오르지 않았다. 기억은 늘 마음보다 한 걸음 늦게 도착하곤 했다. 할머니 댁 가까운 데

로 검색해 보라고 짧게 답을 보냈다. 얼마 후 다시 알림이
왔다.

"동천목욕탕 찾아서 할머니하고 씻고 왔어요."

서둘러 기억 속의 이름을 더듬어 검색했다. 우리가 갔던
곳은 KJ건강랜드였다. 목욕탕에서 사우나로, 다시 건강랜드
로. 시대의 흐름을 따라 목욕 문화는 이름부터 쉼 없이 변해
가고 있었다. 하지만 지난번 최신식 시설의 화려함보다, 낡
고 소박한 동천목욕탕의 웅크린 열기가 엄마에게는 더 편안
함을 주었으리라. 유진이는 그곳에서 할머니를 훨씬 더 깨
끗하게 씻겨 드렸을 것이다.

사람의 몸을 씻기는 것은 물의 온도가 아니라 마음의 온
도라는 사실을 그날 배웠다. 장소가 어디인지는 중요하지
않았다. 그저 두 사람이 서로의 살결을 맞대고, 할머니의 굽
은 등을 밀어 주며, 같은 보폭으로 집을 향해 돌아왔다는 사
실만으로도 가슴 밑바닥이 뜨거워졌다.

엄마는 가끔 유진이를 바라보며 이런 말을 했다.

"내는 첨에는 니를 안 보믄 죽는 줄로 알았대이. 그래도
살다 보이까 다 살아지더라."

태어나자마자 할머니의 품에 안겼던 유진이는, 이제 늙
어 버린 할머니의 여윈 손을 잡고 걷고 있었다. 얼마 전부터
엄마에게 계단은 앞을 가로막은 거대한 산과 같았다. 고개
를 들어 위를 바라보는 것만으로도 엄마는 압도되었고, 금

방 두려움에 사로잡혀 뒷걸음질치곤 했다. 어떻게든 그 가파른 현실을 피할 수 있는 다른 길을 찾으려 애쓰는 것이 엄마의 일상이었다.

그런 엄마가 손녀 유진이와 걷다가, 그토록 무서워하던 계단 앞에 섰다. 두 사람의 시선이 공중에서 잠시 머물며 서로의 얼굴을 살폈다.

"우리 할머니, 파이팅!"

유진이의 목소리가 정적을 흔들었다. 그 짧고 순수한 응원에 엄마는 손녀에게 대단한 기적이라도 보여 주기로 결심한 듯, "그래, 함 가 보지 머." 하고 조용히 말했다. 엄마는 평소 몸을 지탱해 주던 지팡이마저 유진이에게 맡긴 채, 떨리는 손으로 차가운 난간을 붙잡았다. 그 무심한 쇠붙이가 바로 이 순간을 위해 그 자리에 서 있었다는 사실에, 나는 처음으로 감사를 느꼈다.

사랑은 지팡이마저 놓게 하고, 앙상한 맨손으로 난간을 움켜쥐게 하는 힘이었다. 그날 엄마는 계단을 오른 것이 아니라, 당신 안에 웅크리고 있던 거대한 두려움의 산을 하나 넘고 있었다. 엄마는 계단을 하나, 둘 세기 시작했다. 누구의 도움도 없이 오직 스스로를 응원하기 위한 우렁찬 목소리였다. 어둠과 혼돈에 잠식당하지 않으려는 한 인간의 단호한 의지가 그 목소리에 실려 울려 퍼졌다.

한 계단, 한 계단 숫자가 더해질 때마다 엄마의 눈빛은

점차 맑아졌다. 그것은 마치 뿔뿔이 흩어져 버린 기억의 조 각들을 하나씩 찾아내 제자리에 맞추는 의식 같았다. 서른 일곱 개. 엄마는 단 한 번의 멈춤도 없이 그 거대한 산을 끝 까지 올랐다. 마침내 정상에 선 손녀와 할머니는 서로의 손 바닥을 힘껏 마주쳤다.

'짝! 짝!'

경쾌한 소리가 허공을 갈랐다. 그것은 긴 밤의 투쟁과 인생의 고통을 견뎌 낸 이들만이 나눌 수 있는 승리의 하이 파이브였다. 할머니와 손녀의 발갛게 달아오른 얼굴 위로, 세상 그 무엇과도 바꿀 수 없는 기쁨이 꽃처럼 피어올랐다.

삶의 끝자락, 당신의 몸 하나 건사하기 힘든 순간에도 엄 마는 유진이를 챙기느라 정신이 없으셨다. 어느 날은 밥숟 가락을 든 채 한참이나 생각에 잠겨 계시길래 "엄마, 식사하 세요." 하고 재촉했더니, 유진이 생각을 했다며 나지막이 말 했다.

"인자 마이 컸네…"

이미 장성한 손녀건만, 할머니 눈에는 아직도 밥때를 챙 겨야 할 어린아이로만 보이는 모양이었다. 엄마는 "우야든 동 아 밥 좀 잘 거다 먹이래이"라며, 자신의 끼니보다 손녀 의 허기를 더 걱정했다.

하지만 삶은 늘 승리만 허락하지 않았다. 어느 날, 비도 오지 않는데 엄마는 검은 우산을 지팡이 삼아 굳게 닫힌 문 앞에 서 있었다.

"오늘은 못 나가요, 엄마. 문이 또 고장 났나 봐요."

내 목소리는 낮고 무거웠다.

"저거는 잘도 나가고 들어오더마… 내만 나갈라카믄 이 문이 와 이 지랄이고? 유진아, 니가 문 좀 열어 봐라."

유진이가 망설이자, 엄마는 분풀이라도 하듯 우산으로 문을 내리치기 시작했다. 쾅, 쾅. 기괴한 타격음이 내 가슴 뼈를 직접 때리는 채찍질처럼 울렸다. 며칠 전 새로 달아 둔 잠금장치를 다시 살폈다. 열리지 않는다는 것은 곧 닫혀 있다는 명백한 사실을 뜻했다.

며칠 전, 문을 분명히 잠갔다고 굳게 믿고 잠시 집을 비운 적이 있다. 그 짧은 시간에 엄마가 골목 너머로 증발하듯 사라졌던 아찔한 기억 때문에, 내게 문은 더 이상 통로가 아니었다. 그것은 불신의 대상이자 공포의 시작이었다.

그날 이후, 문을 여닫는 행위는 소리 없는 연극이 되었다. 나는 문을 수리하는 척 몸으로 엄마의 시야를 가리고, 죄인처럼 숨을 죽여 열쇠를 돌렸다. 찰칵―소리 내지 않고 맞물리는 금속의 감각. 그 작은 잠금장치 뒤로 나의 '착한 거짓말' 은 계속되었다. 문을 잠그고 돌아설 때마다 느껴지는 서늘한 확신과, 그 뒤를 따르는 비릿한 죄책감이 늘 교차했다.

"내가 뭘 만졌다 카노? 내는 손꾸락 하나 안 댔다!"

엄마의 목소리가 파들파들 떨리며 높아졌다. 억울함과

당혹감이 뒤섞인 거친 사투리가 공기를 채웠다. 엄마는 자신의 세계가 속절없이 무너져 내리는 그 서글픈 그늘로부터 고개를 돌려 버렸다.

갈등의 끝에서 마주한 것은 고장 난 문이 아니었다. 그것은 서로를 온전히 품어 내지 못하는 두 영혼의 시린 풍경이었다. 오늘도 우리는 이 위태로운 길 위에서 '진정한 평화'란 무엇인지, 서로의 떨리는 손끝을 맞잡으며 천천히 배워 가고 있다. 깊은 불신의 늪 아래에서, 우리는 사랑이라는 이름의 가느다란 밧줄을 놓지 않은 채 내일로 건너간다.

진짜 우리 엄마 맞나?:
낮선 괴물이 되어버린 시간

엄마가 서울로 오신 지 며칠 지나지 않아, 내가 먼저 몸살이 났다. 이불 속에서 식은땀이 마르기도 전에 엄마가 나를 흔들어 깨웠다.

"퍼뜩 일나라. 이모 집에 좀 가자이."

“엄마, 나 아파요.”

엄마는 내 얼굴을 보지 않았다. 아픈 사람을 확인하는 눈이 아니었다. 그저 자기 속도로 세상을 살아가는, 낯선 눈이었다.

“하이구, 아프기는 오데가 아푸노? 절믄 기가.”

피식, 웃는 소리까지 들렸다. 엄마의 그 가벼운 웃음소리에 나를 지탱하던 거대한 지붕이 무너져 내리는 기분이었다.

“엄마, 나도 이제 육십이에요. 나도 엄마처럼 할매라고요. 할매!”

그 말에도 엄마는 크게 신경 쓰지 않았다. 엄마의 시간은 거꾸로 흐르고 있었다. 지금 이 순간이 아니라, 30년 전, 20년 전—생기 넘치던 딸의 모습만 남겨 둔 모양이었다. 예전 같으면 내 아픔을 엄마 몸으로 다 가져갔을 그 엄마는 이제 세상에 없었다. 언니 집에 가야 한다는 생각이 엄마의 하루를 통째로 차지하고 있었다. 나는 그 사이에 끼어 걸리적거리는 물건처럼 밀려났다.

엄마는 가방을 쌌다. 보이는 것은 죄다 쓸어 넣었다. 똘똘 만 팬티, 직접 짠 수세미, 먹다 남은 과자, 믹스커피 몇 개, 냉동실에 얼려 둔 떡 조각들. 작은 가방은 늘 불룩했다. 어쩌면 감천가 외가 마당에서 기다리고 있을 어린 동생들과 부모님께 드리고 싶은, 엄마만의 정성이었을지도 몰랐다.

“언니 집에 갔다가, 감청까 갈라꼬.”

말은 늘 같았다. 질문할 틈도 없었다. 목적지는 흔들리지 않았다. 가방을 숨겨도 엄마는 찾아냈다. 치매보다 눈치가 먼저였다. 어느새 엄마를 감시하는 딸이 되어 있었다. 그 가방은 짐이 아니라, 엄마가 아직 놓지 못한 '집'의 대용품 같았다.

낡은 한옥 대문에는 엄마를 가둘 장치 따위는 없었다. 잠시 한눈을 판 사이 삐걱 소리가 들리면 서둘러 신발을 꿰어 차고 뒤를 쫓아야 했다. 어떤 논리로도 엄마를 막아설 수는 없었다.

"내 발로 내가 나가겠다는데 와 이래쌌노!" 호통을 치는 엄마 앞에서는 장사 없었다. 비도 오지 않는 마른 길 위에서, 우리 세 모녀는 각기 다른 목적으로 우산을 하나씩 손에 쥐었다. 앞서가는 엄마에게 우산은 세상을 헤쳐 나가는 지팡이이자 고집스러운 이정표였고, 뒤따르는 나에게 우산은 차마 엄마 앞에 나서지 못하는 비겁함을 가려줄 방패였다. 그리고 내 곁의 딸 유진에게 우산은 이 황당하고도 서글픈 현실로부터 자신을 격리하고 싶은 최소한의 울타리였을 것이다.

숨이 먼저 반응했다. 늦으면 놓칠 것 같았다. 엄마는 빠르게 걸었다. 망설임이 없었다. 골목을 꺾고 또 꺾었다. 뒤돌아보지 않았다. 돌아볼 필요가 없는, 결연한 걸음이었다.

일정한 거리를 유지했다. 가까우면 들킬 것 같고, 멀어지면 잃을 것 같았다. 그 사이 어딘가에 딸이라는 자리는 존재하지 않았다.

한여름 뙤약볕 아래 우산을 들고 할머니의 뒤를 쫓는 이 기이한 행렬. 유진이의 얼굴은 당혹감과 수치심으로 벌겋게 달아올라 있었다. 아이는 지금 이 상황이 마치 부조리한 영화의 한 장면 같다고 느끼는 듯, 울 듯 웃을 듯한 묘한 표정으로 뱉어내듯 말했다. "엄마, 이건 정말 아닌 것 같아요. 영화 찍는 것도 아니고… 이게 대체 뭐예요." 이리저리 비틀거리면서도 망설임 없이 골목을 꺾어 들어가는 할머니의 뒷모습을 보며 유진의 목소리가 이내 낮고 무겁게 가라앉았다.

"엄마, 이제 그만 인정하세요. 외삼촌들하고 빨리 의논해서 대책을 세워야 해요." 이성적이고 차가운, 그래서 더 맞는 말이었다. 그 말은 날카로운 비수가 되어 내 가슴 깊숙한 곳을 찔렀다. 딸의 눈에는 이미 한계를 넘어선 엄마의 고군분투가 안쓰러움을 넘어 위태로운 집착으로 보였을 것이다. 하지만 내게는 끝내 물러설 수 없는 선이 있었다. 유진이의 우려를 가슴 속에 묻으며 차마 떨어지지 않는 발걸음을 옮겼다. 여기서 멈추면 엄마라는 세계가 통째로 무너질 것만 같았다.

엄마는 길 가는 사람을 붙잡고 물었다.

"감청까 가는 버스가 오데 인능교? 돈을 한 푼도 안 가꼬 와가꼬…… 돈 천 원만 빌려 줄랑교? 차비하구로!"

말이 너무나 또렷해서, 나는 잠시 숨을 멈췄다. 누군가는 엄마를 미친 사람 보듯 지나쳤고, 누군가는 파출소로 데려갔다. 나는 멀리서 지켜봤다. 부르지도, 다가가지도 못했다. 그 순간, 저 사람이 정말 내 엄마인지 확신할 수 없었기 때문이다. 그날 밤, '딸'이라는 말은 차마 입 밖에 낼 수 없는 무거운 단어였다.

동대문시장에 갔을 때의 일이다. 엄마는 망설임 없이 앞장서 걸었다. 낯선 길에서조차 그 발걸음에는 의심이 없었다. 어디로 가냐고 묻지 않았다.

"저리 가믄 더 가깝대이."

엄마는 늘 '가깝다'는 말을 앞에 두었다. 실제의 거리보다 마음의 확신이 앞서 달리는 걸음이었다. 나는 뒤에서 따라갔다. 길은 끊임없이 길어졌고, 우리는 어느덧 청계천까지 내려와 있었다.

나는 멈췄다. 어디까지 가려 하는지 그 끝을 확인하고 싶은, 잔인한 호기심이 생겼다. 일부러 전봇대 뒤로 몸을 숨겼다. 제발 엄마가 스스로 한계를 알고 내 말에 좀 따라 주기를 바라는 뒤틀린 마음이었다.

잠시 뒤, 주위를 둘러보다가 아무도 없다는 것을 알아챈 엄마는 걸음을 돌렸다. 승리감에 젖어 잠시 마음을 놓았던 순간, 엄마는 돌아오는 길에 크게 넘어졌다. 찰나의 평온은 순식간에 날카로운 비명으로 바뀌었다. 손등뼈에 금이 가서 반깁스를 했다. 하지만 엄마는 그것을 가만두지 않았다. 자꾸만 떼어 내려고 했다.

"의사 선생님이 절대로 풀면 안 된다고 했어요. 뼈가 붙을 때까지는 참아야 해요."

내가 힘주어 말했지만, 엄마는 콧방귀를 뀌었다.

"의사? 어떤 의사가 그카더노? 지가 뭘 안다꼬!"

엄마에게 그것은 치료가 아니었다. 당신의 몸에 강제로 덧씌운 구속일 뿐이었다. 아픈 것보다 무언가에 묶여 있다는 사실을 견디지 못했다.

눈이 내린 어느 저녁, 얼어붙은 길 위에서 엄마와 함께 미끄러졌다. 손을 꼭 잡고 있었음에도 빙판 앞에서는 속수무책이었다. 넘어지는 찰나, 엄마 머리가 다치지 않도록 필사적으로 몸을 던졌으나 그 대가로 왼쪽 발을 제대로 딛지 못했다. 이번엔 발이구나! 덜컥 겁부터 났다. 손을 다쳤을 때보다 발을 쓰지 못하는 처지는 상상 이상으로 막막하고 난감했다.

사고 직후, 엄마는 넘어진 자신을 도와준 이들에게 인사하느라 정작 본인의 몸이 얼마나 축났는지는 안중에도 없었다. 그 모습에 나는 엄마가 가볍게 놀란 정도로만 생각했다. 하지만 하룻밤을 자고 나니 엄마의 발목은 시퍼런 멍으로 뒤덮인 채 잔뜩 부어올라 있었다.

또다시 정형외과로 향하는 길. 반복되는 사고 앞에서 안

쓰러운 마음 한편으로, 묘하게 담담해지는 나를 발견했다. 우리 몸의 손발이 얼마나 귀한지 이미 충분히 배웠다고 자부했건만, 엄마 발에 내 발까지 묶이고 나서야 비로소 그 사실을 뼈아프게 깨달았다.

결국 발목에 실금이 가고 말았다. 다시 발에 깁스를 했다. 엄마는 미안함이 가득한 얼굴로 내 눈치를 살피며 조용히 말했다.

"내가 너그를 이래 애를 먹여쌌네, 우짜믄 좋노."

나는 엄마의 평소 농담을 흉내 내 너스레를 떨었다.

"엄마, 애라도 먹으니 다행이지요."

그러자 엄마는 한술 더 떠 대답하신다.

"그래, 암꺼도 안 먹인 것보다 애라도 먹였은께 훨씬 낫구만."

우리는 서로의 부은 발목을 마주하고 한참을 웃었다. 고통을 삼키며 나누는 그 싱거운 농담 속에, 우리가 견뎌 온 지난한 시간들이 잠시나마 깃털처럼 가벼워지는 것 같았다.

걷기가 힘든 엄마를 부축해야 하는 일상이 시작되었다. 처음에는 혹여나 또 넘어질까 싶어 온몸에 잔뜩 힘을 준 채 엄마를 지탱했다. 하지만 팔을 가볍게 잡아 드리는 것만으로도 엄마가 서서히 발을 떼는 것을 보며 알게 되었다. 때로는 너무 큰 힘을 들이지 않아도 된다는 것을. 모든 순간에 없는 힘까지 쥐어짜다 보니 내 안의 에너지가 먼저 고갈되었다는 것을 말이다.

엄마는 여전히 왜 발에 깁스를 했는지도 모르고, 불편하다고 빼 버리려 했다. 나는 막느라 진땀을 뺐다.

아무 일 없이 걷고 움직이며 일상을 지탱해 온 그 평범한 날들이 사실은 얼마나 기특하고 눈부신 축복이었는지를, 나는 이제야 엄마의 느린 보폭에 맞춰 배운다.

고통 속에서 나는 마음 한 자락을 고쳐 먹었다. 그래, 이만하길 다행이야. 자신과 상황을 원망하던 마음이 물러간 자리에, 더 큰 화를 면했다는 안도가 스며들었다. 무너진 몸을 추스르며 나는 다시 한번 배운다. 당연하게 여겼던 모든 무사(無事)함은 사실 매일 우리에게 배달된 기적이었다는 것을.

삶은 그리 호락호락하지 않았다. 혜화문 근처 가파른 경사길에서 엄마는 고꾸라졌다. 이번에는 얼굴이었다. 깊고 흉한 상처가 낙인처럼 남았다. 조금만 더 세밀하게 엄마의 보폭을 살폈더라면, 그 가파른 삶의 기울기를 우리가 먼저 읽었더라면 방어할 수 있었던 사고였지만, 우리는 서툴렀다.

엄마는 자신의 얼굴에 남은 그 추한 흔적을 지우기 위해 처절하게 몸부림쳤다. 일본에서 건너온 동전파스를 상처 위로 덕지덕지 이어 붙였다. 파스가 눈가를 가려 앞조차 제대로 안 보일 지경이었지만, 엄마는 멈추지 않았다.

어떤 날은 과일칼로 화장품을 푹 파내어 검은 혈흔 위를 하얗게 덧칠했다. 그것은 화장이라기보다, 무너진 성벽을 시멘트로 메우려는 필사적인 보수 작업에 가까웠다. 말려도 소용없는, 기괴하면서도 눈물겨운 그 화장법은 결국 엄마가 세상에 보여 주고 싶은 마지막 온전함에 대한 비명이자 집착이었다.

그것은 단순히 떠나려는 배회가 아니었다. 평생 형제와 자식을 책임지느라 지워 버렸던 '나'를 찾기 위해, 가장 온전하게 사랑받았던 본향인 감천 외가로 돌아가려는 영혼의 시도였다. 엄마의 그리움은 과거로의 도망이 아니라, 평생 애쓰며 살아온 자신에게 주는 마지막 안식처였던 셈이다.

엄마의 손을 잡고 찾아간 서울일본인교회에는 44년간 이 땅을 지켜온 요시다 고조(吉田耕三) 목사님의 송별식이 열리고 있었다. 일제강점기의 과오를 자신의 아픔으로 여기며 "한국인이 그만하라 할 때까지 사죄하겠다"던 사죄와 화해의 목회자. 일본인에게 올바른 역사를 전하는 민간 외교관이자, 죽어서도 이 땅에 묻히길 소망했던 진정한 한국의 벗이었다.

그러나 여든을 훌쩍 넘긴 연세에 찾아온 뇌출혈과 편마비는 가혹했다. 장기 치료로 이어져야 해서 어쩔 수 없이 일본행을 결정했지만, 일본에서도 다른 방식으로 한국을 향한 사역을 이어갈 것이다. 야스코 사모님과 동갑인 엄마도 그 아쉬운 자리에 함께했다. 하지만 낯선 언어 사이에서 엄마는 긴 시간을 견디기 힘들어하셨다. 교회 일이라면 무엇이든 묵묵히 참아내셨을 엄마였으나, 이제는 스스로를 통제하기 어려운 시간이 왔음을 실감했다.

엄마를 복도 의자에 모신 뒤, 열린 문틈 사이로 목사님의 마지막 모습을 가슴에 담았다. 문이 열릴 때마다 보였던 한국에서의 44년은 단순한 숫자가 아니었다. 타국의 고통을 내 것처럼 아파한 숭고한 사랑이었다. 휠체어 위에서 마지막까지 온화한 미소를 짓던 목사님의 뒷모습 위로, 따스한 오후 햇살이 긴 그림자를 남기며 머물고 있었다.

비도 오지 않은 어느 날 아침, 엄마는 새빨간 비옷을 입고 모자를 쓴 채 우산을 들고 서 있었다. 그 기이한 모습 앞에 내 머릿속을 섬광처럼 스치고 지나간 잔인한 단어가 있었다. '마귀할멈……' 순간적으로 치민 혐오와 공포 뒤로, 말할 수 없는 슬픔이 해일처럼 밀려왔다. 저 붉은 비옷은 어쩌면 이 비정한 세상을 떠나 당신만의 본향으로 돌아가려는 영혼이 차려입은, 가장 화려한 외출복일지도 모를 일이었다.

나는 떨리는 손으로 그 붉은 소매를 가만히 붙잡았다. 이제는 엄마를 붙잡는 사람이 아니라, 평온하게 보내 드리는 사람이 되어야 한다는 사실을 받아들여야 했다. 약과 주사는 엄마를 낫게 하기 위한 처방이 아니라, 우리로부터 엄마를 더 평온하게 멀어지게 하기 위한 이별의 예비제였음을, 나는 그 빨간 비옷 앞에서 겨우 이해했다. 엄마는 세상에서 서서히 물러나고 있었고, 나는 그 거대한 퇴장을 뒤따라갈 힘이 없었다.

‘이 사람이 정말 내가 알던 엄마였나’ 하는 생각이 스칠 때마다 마음은 더 어지러워졌다. 하지만 엄마의 기이한 행동은 끝까지 자기 자신을 찾으려는 한 사람의 눈물겨운 몸짓이었다. 엄마는 나를 떠나는 게 아니었다. 자기 세계로 돌아가고 있었다. 내가 모르는 시간과, 내가 들어갈 수 없는 방향으로 돌아가고 있었다.

도대체 저토록 애타게 감천 외가로 가려는 마음은 무엇일까? 돌아가신 부모님과 어린 시절의 형제들이 북적이던 그곳을 찾는 마음은 결코 단순한 망상이 아닐 것이다. 어쩌면 그것은 엄마가 평생 어깨에 짊어지고 왔던 무거운 책임감의 흔적일지도 모른다. 사람은 삶이 고달프거나 현재의 기억이 희미해질 때, 자신이 가장 온전하게 사랑받고 보호받았던 시절로 돌아가려 한다. 엄마에게 그곳은 조건 없는 사랑이 존재하던 공간이자, 풍파에 깎이기 전의 ‘나’를 만날 수 있는 유일한 통로였다.

엄마의 시계는 이제 내가 알지 못하는 방향으로 흐르기 시작했다. 거슬러 올라가는 그 길 위에서 엄마가 부디 아픈 기억은 흘려보내고, 오직 사랑받았던 기억들만 차곡차곡 챙겨 가길 빌어 본다. 엄마가 그토록 향하고자 했던 곳은 과거라는 시간이 아니라, 누구의 엄마도 아닌 오직 ‘나’로 온전해질 수 있는 영혼의 안식처였다.

아버지가 세상을 떠나신 지 십 년. 홀로 남은 엄마는 늘 밝았다. 우리는 그 밝음에 기대어 안심한 채, 각자의 생을 꾸려 가느라 바빴다. 그러나 평온하던 일상에 '치매'라는 어둠이 예고 없이 찾아왔다.

처음에는 낮 동안 데이케어센터의 도움을 받고, 밤에는

아들들이 돌아가며 엄마 곁을 지키는 것으로 충분해 보였다. 하지만 현실은 달랐다. 낯선 곳에서 목욕을 거부하는 엄마를 달래 옷을 갈아입히고, 이어지는 배회를 감당하는 일은 형제들의 인내를 금세 바닥내고 말았다. 울산에 가는 날이 조금씩 늘어났고, 아침저녁으로 전화를 걸어 엄마의 하루를 확인하는 것이 내가 할 수 있는 전부였다.

"엄마, 오늘 뭐 했어요?"

"암꺼도 안 했다."

"센터에서 재미있게 지냈어요?"

"센터가 맨날 글치 뭐…."

엄마의 일상은 메말라 있었고, 그 끝에서 나는 서둘러 하루를 닫으려 찬송가를 함께 불렀다.

"예수 나를 오라 하네, 예수 나를 오라 하네."

기다렸다는 듯 찬송을 부르던 엄마는 갑자기 제정신이 든 듯 웃으며 말했다.

"요새 내가 뭐 한다꼬 이 찬송가만 부르고 있는지 모르겠대이. 나를 천국으로 오라 카는가 싶어서…."

그 낮은 음성은 기도 같았고 따뜻했지만, 그 뒤에 가려진 엄마의 지독한 고독을 나는 더는 외면할 수 없었다. 전화선 하나만으로는 엄마를 지탱할 수 없다는 사실을, 밤마다 문밖을 서성이는 엄마의 그림자가 이미 증명하고 있었다.

고향집을 판 돈은 서울의 현실 앞에서 무력했다. 멀리

사는 형제들은 그 돈으로 앞으로 10년을 대비하자며, 실질적인 돌봄의 무게를 내 어깨 위로 밀어 올렸다. 숫자로만 소통하는 형제들의 단톡방은 무미건조했다. 그 차가운 액정 너머에서 나는, 숫자로 환산되지 않는 엄마의 젖은 기저귀와 비를 맞으며 따라다니는 배회를 홀로 감당하며 차가운 밤을 통과하고 있었다.

엄마의 병이 깊어 갈수록 우리 사 남매의 침묵은 돌덩이처럼 무거워졌고, 그 사이로 서운함은 진흙처럼 고여 들었다. 나는 형제들을 향해 서슬 퍼런 분노를 쏟아 내며 그들의 무심함을 채찍질했다. 하지만 그것은 나의 무심함을 가리기 위한 날 선 방어기제였고, 결국 나를 향한 비명이었다. 화내고 섭섭해하며 소모된 감정의 끝에서, 나는 형제들과 이어 오던 사랑의 끈마저 놓아 버리겠노라고 모질게 다짐하기도 했다.

엄마는 자신의 병을 통해 우리에게 말씀하고 계셨다. 겉치레뿐인 화목을 걷어 내고, 서로의 바닥난 밑천까지 기꺼이 끌어안는 '진짜 가족'이 되어 보라고. 엄마는 온몸을 던져 우리에게 그 무거운 질문을 던지신 것이다.

치매라는 망각의 풍파는 우리 사이의 질서를 무너뜨렸지만, 아이러니하게도 그 폐허 위에서 우리는 다시 태어나고 있다. 미워하고 용서하며 다시 손을 잡는 이 지독한 과정을 통해, 우리는 이제 혈연이라는 운명을 넘어 사랑이라는 선택으로 묶인 가족이 되어 간다.

그러나 그 숙제를 풀기도 전, 내 몸이 먼저 비명을 질렀다. 엄마의 진단을 위해 찾은 병원에서 측정한 내 혈압은 158이었다. 평온하게 125를 기록한 엄마와 달리, 나는 이미 한계에 다다라 있었다. '기계가 엄마와 나의 팔뚝을 착각한 게 아닐까'라는 생각 끝에 정신이 번쩍 들었다. 내가 무너지면 엄마의 세상도 무너진다. 나를 돌보는 것은 이제 이기심이 아니라, 엄마를 지키기 위한 가장 도덕적이고 절박한 '생존의 선택'이었다.

미뤄 두었던 내 몸을 돌보기 시작했다. 엄마 곁을 지키는 시간이 길어질수록 내가 운영하는 '유진하우스' 손님들과 나누는 시간은 줄어 갈 수밖에 없었다. 예전에는 손님들과 함께 새벽 성곽 해맞이를 자주 가곤 했지만, 엄마가 오신 후로는 그마저도 뜸해졌다. 대신 나는 우리 전통의 국선도를 그들에게 소개하기 시작했다.

국선도 수련은 종로구 혜화의 담벼락을 넘어, 성북구의 이웃들과 세계 각국에서 온 여행자들이 몸과 마음으로 섞이는 신선한 교류의 장이 되었다. 나는 그저 안내자였을 뿐인데, 그들은 단전호흡과 명상을 겸한 수련 속에서 국적을 잊고 하나가 되어 갔다. 한국의 정신과 조상들의 지혜를 전하기에 그보다 더 좋은 방법은 없었다. 여행자들 또한 기꺼이 새벽잠을 깨워, 자신의 몸을 돌보는 법을 익혀 나갔다.

새벽은 엄마가 깊은 잠에 빠져 계신 유일한 안식의 시간이다. 나는 그 귀한 시간을 쪼개어 손님들과 함께 성북구청 지하실로 향했다. 차가운 새벽 공기를 뚫고 도착한 그곳에서 우리는 낮은 조명 아래 나란히 앉아 숨을 고른다. 단전에서부터 끌어올리는 깊은 호흡은 어제 하루 엄마를 돌보며 쌓였던 긴장과 피로를 부드럽게 밀어 낸다.

'선도활법(仙道活法), 건체강심(健體康心), 효천애교(孝踐愛橋), 일화창생(一和蒼生).'

몸을 튼튼히 하고 마음을 강하게 한다는 '건체강심'의 뒤를 이어 '효천애교'가 따라온다는 이치를 알았다. 일단 내 몸이 바로 서야 부모에게 효도할 수 있다는 것을 다시 확인했다. 하지만 단전호흡에 집중하며 만물과 하나가 된다는 '일화창생'을 읊조리다가도, 정작 '효천애교'라는 네 글자에 이르면 명치끝이 딱딱하게 굳어 버렸다.

하늘에 효도하고 사랑의 다리가 된다는 그 숭고한 문장이, 치매 엄마를 둔 나의 현실 앞에서는 자꾸만 숨을 막아 세웠다. 우리네 부모들이 본능적으로 실천해 온 그 지독한 '효'에 대해, 나는 명치의 통증을 느끼며 끊임없이 되묻고 있었다. 내 틀에 맞춰 엄마를 꺾으려 했던 고집, 기대를 저버리지 않으려 애썼던 책임감이 호흡의 길목을 가로막고 있었던 것이다.

깊은 숨을 토해 내며 굳어 있던 명치를 쓸어 내린다. 사랑의 다리가 된다는 것은 엄마를 내 마음대로 끌고 가는 일이 아니었다. 그저 엄마가 안전하게 건너갈 수 있도록 내 몸을 낮게, 그리고 단단하게 눕히는 일임을 알 것 같았다.

지하실의 정적 속에서 나는 다시 숨을 들이마신다. 내 몸의 존엄을 지키는 이 호흡이, 결국 엄마를 향한 정직한 사랑의 다리가 될 것임을 믿는다.

매주 목요일, 트러스트 현대무용 연습실 거울 앞에 설 때마다 단장님은 어김없이 말씀하셨다.

"몸에 힘이 너무 들어가 있어요."

그 짧은 한마디는 비단 춤뿐 아니라 내 삶 전체를 꿰뚫는 서늘한 일침이었다. 창가로 스며드는 따스한 햇살 아래, 아름다운 선율에 몸을 맡길 때면 형용할 수 없는 행복이 밀려왔다. 그 순간만큼은 발레복을 처음 입은 아이처럼 설레고 순수해졌다. 신기하게도 관절마다 빳빳하게 들어가 있던 힘을 빼자, 마음의 근육에도 변화가 생기기 시작했다. 엄마의 행동을 내 틀에 맞추려 고집했던 팽팽한 마음의 긴장이 유연하게 풀려 나간 것이다. 정(靜)적인 국선도와 동(動)적인 현대무용. 이 상반된 두 움직임은 결국 나에게 같은 곳을 가리키고 있었다. 과거의 후회나 미래의 불안이 아닌, '지금, 여기'로 데려다 놓는 온전하고도 단단한 힘이었다.

이제 나는 내 몸의 존엄을 지키기로 했다. 병마가 찾아오는 것을 숙명처럼 여기며 살다 보면, 결국 내 몸을 상전처럼 떠받들며 살아야 할 날이 온다는 것을 알기 때문이다. 잘 먹고, 잘 자고, 잘 비워 내던 그 평범한 일상들이 얼마나 큰 축복이었는지 우리는 잊고 살았다. 젊은 날 마음껏 누렸던 생의 활기는 이제 노년이라는 이름의 정직한 청구서를 내민다. 이것은 단순히 건강을 위한 관리가 아니다. 내 존재의 무게를 타인의 손에 맡기지 않겠다는 의지이며, 마지막 순간까지 인간으로서의 품격을 지키기 위한 준엄한 분투다. 근육과 관절이 더 이상 기억의 회로를 놓치지 않도록, 나는 오늘도 아침의 고요 속에서 무너진 몸의 감각을 정교하게 조율한다.

요즘 나는 이른 아침 운동을 마치고 성북천 물길을 따라 달린다. 알싸하고 차가운 공기를 품에 안고 달리는 등 뒤로, 아침 해가 투명하고 아름답게 차오른다. 내 그림자가 길게 뻗어 나가는 그 길 위에서, 나는 자꾸만 뒤를 돌아본다. 쏟아지는 아침 햇살이 너무도 찬란해서, 아니면 그 빛 속에 두고 온 엄마의 젊은 날이 못내 아쉬워서였을까. 등 뒤로 멀어지는 '뒤처진 기억'과 내 그림자가 가리키는 '다가올 미래'가 성북천의 물줄기 위에서 어지럽게 교차한다.

우리는 모두 앞을 향해 달리고 있다고 믿지만, 사실은 등 뒤에서 밀려오는 세월의 빛을 받으며 그림자를 밟고 나아가는 존재들일지도 모른다. 엄마가 걸어갔던 그 길을 이제는 내가 그림자가 되어 뒤따르고, 나의 그림자는 다시 내가 가야 할 길을 묵묵히 가리키고 있다. 이 찬란한 아침의 조율은, 어쩌면 떠나보내는 것들과 맞이해야 할 것들 사이에서 길을 잃지 않으려는 나의 작은 기도일 것이다.

얼음을 뚫고 힘차게 흐르는 시냇물 소리와 우아한 자태의 철새들이 잠시 내 발걸음을 붙잡지만, 나는 그 달콤한 풍경들을 뿌리치고 집으로 달려 들어간다. 나의 안식은 저 찬란한 풍경 속에 있는 것이 아니라, 안개 낀 기억 속에서도 나를 기다릴 엄마의 곁에 있음을 알기 때문이다.

가쁜 숨을 몰아쉬며 현관문을 열면, 그곳에는 나의 어제가 있고 나의 오늘이 있으며 내가 지켜 내야 할 단 하나의 세계가 있다. 거실에 앉아 퍼즐을 맞추던 엄마가 고개를 들어 묻는다.

"이래 어두운데 뭐 하고 왔디노? 안 무섭디나?"

밖은 이미 눈부신 햇살로 가득한데, 엄마의 세계는 내가 집을 나선 새벽의 어스름 속에 머물러 있다. 기억은 안개 속을 헤매면서도, 딸을 걱정하는 저 본능적인 사랑. 나는 가쁜 숨을 고르며 서툴게 제안했다.

"운동하고 왔어요. 엄마도 나중에 같이 하러 갈까요?"

그러자 엄마는 아이처럼 환하게 웃으며 대답했다.

"그래, 내도 뭐든 해 보게. 어데든 니가 가자 카는 대로 따라가 보게."

평생 내 '길을 내어 주던 사람'이었던 엄마가, 이제는 기꺼이 '길을 잃은 아이'가 되어 내 손에 엄마의 전부를 맡기겠다는 최종적인 신뢰의 고백이었다. 그 말 한마디에 성북천을 달리며 쌓아 온 피로가 눈 녹듯 사라졌다.

이미 늦어 버린 것들이 많다. 엄마의 닳은 무릎은 이제 나와 함께 성북천을 달릴 수 없다. 하지만 엄마는 마음으로 이미 나와 함께 춤을 추고 있었다. 비록 보폭은 어긋나고 숫자는 자꾸 잊어버려도, 엄마가 내 뒤를 따라오겠다고 약속한 그 길 위에서 우리는 단 한 번도 본 적 없는 눈부신 풍경을 마주하게 될 것이다.

나는 오늘도 무너지지 않기 위해, 엄마의 손을 더 단단히 잡기 위해 숨을 고르고 내 몸을 먼저 돌본다. 그것이 엄마와 내가 함께 추는 아름다운 춤의 시작임을 믿으면서.

한솔가구

치매라는, 기억을 지우는 지우개는 예고 없이 찾아와 사랑하던 이의 익숙하고 다정한 얼굴을 지워 버린다. 그 낯선 변화 앞에서 길을 잃고 부딪히며, 나는 조금씩 배워 왔다.

1. 반복되는 질문

치매를 앓는 사람에게 모든 질문은 언제나 '생애 첫 질문'처럼 받아 주어야 한다. "아까 말하지 않았느냐"는 질책은 상처만 남긴다. 마치 처음 듣는 이야기처럼 답한다. 긴 설명은 혼란만 더한다. "네, 드셨어요."처럼 짧고 명료한 대답이면 충분하다. 단어의 뜻은 잊어도, 목소리에 담긴 온기는 결코 잊지 않는다.

2. 망상과 의심

"아부지한테 가야 하는데…", "누가 내 돈을 훔쳐 갔노?" 같은 말을 하며 억지를 부리고 화를 내는 경우도 있다. 논리로 반박하는 일은 오히려 더 깊은 고립으로 밀어 넣는다. 사실 여부를 따지기보다 "네, 같이 가 봐요.", "정말 속상하시겠네요." 하고 감정을 먼저 받아 준다. 그 사람이 찾고 있는 것은 잃어버린 물건이 아니라, 자기 편이 되어 줄 단 한 사람일지도 모른다.

3. 배회

비가 오지 않는 날에도 우산을 챙겨 나서는 뒷모습은 돌보는 사람의 마음을 서늘하게 한다. "선산 감청까 집에 가야 한다"는 말은, 지금의 낯선 시간으로부터 도망치고 싶다는 신호일 때가 많다. "여기가 집이야"라는 정답을 들이밀기보다 "그 집이 많이 그리우시군요." 하고 공감의 마중물을 먼저 부어 주어야 한다. 억지로 막기보다 일정한 거리를 두고 묵묵히 뒤를 따르는 다정한 미행이, 때로는 깊은 배려가 된다.

물론 내 시간과 주변 상황이 전혀 안 맞는 밤이거나, 날씨가 너무 추운 때에도 고집을 부릴 수 있다. 그럴 때는 고집을 꺾기보다, 다른 쪽으로 관심이 옮겨 가도록 부드럽게 유도해야 한다.

4. 분노와 폭력

평소에는 그렇지 않던 사람이 거친 말을 쏟아낼 때, 우리는 무너진다. 나를 공격하는 것은 '나의 엄마'가 아니라 엄마를 잠식한 '병'이라는 사실을 잊지 말아야 한다. 인격이 변한 것이라 여기며 더 깊이 상처받기보다, 상황을 분리해 바라보려 애쓴다. 화가 거세질 때는 맞대응하기보다 잠시 자리를 피해 서로의 감정이 숨 쉴 틈을 만들어야 한다. 평온한 환경은 어떤 약보다 강력한 진정제가 되기도 한다.

5. 위생 거부: 마지막 남은 존엄을 지켜 드리는 법
씻는 행위는 자신의 몸을 타인에게 내맡겨야 하는 두렵고 수치스러운 일일 수 있다. "냄새가 난다"는 지적은 자존감에 깊은 상처를 남긴다. "지금 씻을래요, 아니면 10분 뒤에 씻을래요?" 하고 물으며, 작은 선택권이라도 드린다. 그리고 용변을 보신 뒤 변기에 앉아 있는 시간에 천천히 설명하며 옷을 벗겨 드리고 씻어 드리는 방법도 있다. 그것은 무너져 가는 한 인간의 마지막 존엄을 붙들어 주는 일이다.

6. 옷을 꺼입는 마음에 대처하는 법: 다정한 거리 두기
겹겹이 옷을 입어 눈덩이처럼 변한 엄마를 마주할 때, 먼저 필요한 것은 억지가 아니라 기다림이었다. 억지로 옷을 벗기려는 시도는 엄마에게 '마지막 보호막'을 강탈당하는 폭력으로 느껴질 수 있다는 것을 배웠다.

첫째, 긍정과 공감이 우선.
"엄마, 왜 이렇게 많이 입었어요!"라고 다그치기보다 "엄마, 오늘 아주 든든하게 무장하셨네? 정말 따뜻해 보인다!" 하고 먼저 말을 건넨다. 행동을 비정상이 아닌 '선택'으로 존중해 줄 때, 엄마의 경직된 어깨가 조금은 느슨해졌다.

둘째, 부분적 양보.

다섯 겹을 입으셨다면 다 벗기려 하지 않고 "엄마, 이 겉옷 하나만 잠깐 벗어서 여기 예쁘게 걸어 둘까요? 너무 예쁜 옷이라 구겨지면 속상하잖아요." 하고 권유한다. 한꺼번에 해결하려 들지 말고, 하나씩 천천히 엄마의 속도에 맞춰 간다.

셋째, 옷장을 '선택의 감옥'이 아닌 단순한 놀이터로.

한꺼번에 너무 많은 옷이 눈에 보이면 엄마는 혼란스러워한다. 계절에 맞지 않는 옷은 보이지 않는 곳으로 치우고, 엄마가 좋아하는 색깔의 편안한 옷 위주로 두세 벌만 걸어 둔다. 선택의 폭을 좁혀 드리는 것이 엄마의 혼란을 줄이는 큰 배려가 된다.

넷째, 햇살을 이용.

엄마가 옷을 입는 이유가 추위나 허전함 때문일 때가 많다. 그럴 땐 억지로 벗기기보다 햇살이 잘 드는 마루로 모신다. 따뜻한 볕을 쬐며 "엄마, 해님 때문에 날이 참 따뜻해졌네요. 우리 이 두꺼운 건 잠깐만 내려놓을까요?" 하고 말하면, 엄마는 순한 양처럼 옷을 내려놓기도 했다.

단순히 옷을 벗기는 작업이 아니라, 엄마의 불안을 하나씩 벗겨 내는 과정이었다.

어제는 딸이었다가 오늘은 언니가 되는 아침.
방 안에서 우산을 펼치는 엄마의 엉뚱한 손짓에
참았던 울음 대신 실없는 웃음이 먼저 터진다.
기억은 썰물처럼 빠져나가 껍데기만 남았어도
자식 밥상 걱정하는 엄마의 습관은 지워지지 않는 낙인.
완벽하지 않은 두 사람이 모여
삐걱거리는 한옥 문틈 사이로 서로의 모자람을 채워간다.

02

서까래에 걸린 그리움의 조각

기막힌 동거: 눈물 속에서 웃음을 건지다

매일 새로워지는 아침:
어제는 딸, 오늘은 언니?

아침은 늘 50도의 따뜻한 음양탕에 소금을 한 스푼 타
마시는 것으로 시작된다. 소금이 저절로 녹기를 기다린다.
김이 피어오르는 사발을 두 손으로 감싸 쥐면, 뭉근한 온기
가 손바닥을 타고 전해진다. 그것은 단순히 목을 축이는 행
위가 아니다. 폭풍 전야의 정적 속에서 오늘 하루를 무사히

버티게 해 달라고 비는, 나만의 정갈한 의식이다. 그러나 돌봄이라는 이름의 전쟁은 그 평온한 김 뒤에 늘 가혹한 얼굴로 숨어 있었다.

어느 날 아침, 화장실 변기 물을 퍼올려 몸을 씻는 엄마를 본 순간 나는 이성을 잃고 비명을 지르고 말았다.

"엄마! 그 물 더러워요, 도대체 왜 그래요!"

"이 물이 머가 더럽다카노. 맬가쿠만(맑구만). 내만 편하믄 되지, 와 이리 가물소리(고함소리)가 크노."

나를 바라보는 엄마의 눈동자에는 당혹감이 없었다. 비난받을 일을 한 사람의 눈이 아니라, 오히려 길가에 핀 꽃을 보듯 투명한 빛이었다. 엄마의 대답은 맑았지만 내 가슴에는 커다란 돌덩이가 얹혔다.

누군가 엄마를 여린 배 껍질 같은 사람이라 했다. 나는 그 연약한 살결을, 나의 조급함과 결벽이라는 투박한 오렌지 껍질 같은 손으로 사정없이 할퀴고 있었다. 진정 씻겨야 할 것은 엄마의 육신이 아니었다. 자식이라는 명분을 앞세워 엄마를 내 속도에 맞추려 했던, 나의 거친 잣대였다.

그런 내 마음을 아는지 모르는지, 기분이 좋을 때의 엄마는 영락없는 착한 학생이 된다. "네, 잘 알겠습니다"라고 고분고분 대답하는가 하면, 내가 가끔 "엄마, 오케이?" 하고 물을 때면 "땡큐!"라고 응수하는 기분 좋은 순발력까지 발휘한다.

병마조차 가두지 못한 그 맑은 온정은, 엄마가 평생 타인에게 베풀어 온 삶의 태도가 세포 하나하나에 새겨져 있음을 보여 준다. 나는 엄마를 가르치고 통제하려 했던 나의 독선을 부끄럽게 내려놓고, 그 천진한 해학과 친절 앞에 기꺼이 고개를 숙인다.

엄마가 기억의 문 너머로 뒷걸음질 치는 날이면 나는 엄마의 동생, 옥주 이모가 되어야 했다. 돌아가신 어머니 생각에 꽃고무신을 울산여고 선배가 보내 주셨다. 고운 수가 놓인 꽃고무신 두 켤레가 나란히 놓인 날, 엄마는 기어이 나에게도 그 신을 신기고는 집 앞 9번지 해장국집으로 나를 이끌었다.

"우리 형제지간에 요리 똑같이 신고 댕긴께 억시로 좋아예."

식당 주인에게 자랑하는 엄마의 얼굴은, 영락없이 동생과 새 신을 나눠 신은 어린 언니의 모습이었다. 낡은 조끼를 내밀며 "형제끼리 나눠 입는 거지, 내 꺼 네 꺼가 어딨노" 하시던 그 순수한 눈빛이 꽃고무신 위로 겹쳐졌다.

엄마는 기억을 잃어 가며 당신이 그토록 그리워하던 시절의 언니로 돌아가고 있었다. 교회에서 돌아오는 길에 엄마는 자꾸만 뒤를 돌아보며 전쟁통에 잃어버린 동생을 찾았다.

"같이 온 사람이 한 사람 더 있었는데⋯. 얼른 전화해 바라. 그 어물한기(어리석은 애) 말도 없이 그냥 갔는가베."

엄마의 굽은 뒷모습에는 평생 동생을 지켜야 했던 언니

의 무거운 책임감이 서려 있었다. 하루는 데이케어센터에서 함께 지내던 할머니를 뒤로하고 먼저 집으로 오게 된 날이었다. 엄마는 그 할머니를 혼자 두고 오면 절대 안 된다며 노발대발하셨다. 반드시 그 할머니도 우리가 데려와야 한다고 고집을 피우던 그 간절함이, 사실은 전쟁통의 트라우마에서 비롯된 것임을 나중에야 알게 되었다.

엄마와 유독 각별했던 동생, 옥주 이모가 찾아왔다. 지난번 만났을 때 이모가 입었던 옷이 참 고왔다며 부러워하던 언니의 말이 못내 마음에 걸렸던 모양이다. 이모는 기억해 두었던 그 옷과 엄마에게 필요한 물건들을 가득 챙겨 들고 나타났다. 엄마는 이모 손에 들린 예쁜 양산에서 눈을 떼지 못했고, 이모는 망설임 없이 그 양산을 언니 손에 쥐여 주었다. 양산을 품에 안은 엄마는 세상을 다 얻은 아이처럼 해맑게 웃었다.

이튿날, 엄마는 그 양산을 소중히 받쳐 들고 외출 채비를 서둘렀다. 대문을 나서는 엄마에게 내가 슬쩍 물었다.

"엄마, 그 양산 누가 준 거예요?"

엄마는 대수롭지 않다는 듯, 그러나 양산을 쥔 손에 꼭 힘을 주며 대답했다.

"어떤 할매가 이 양산 주고 갔다."

그 짧은 대답에 가슴 한구석이 아릿해졌다. 엄마의 기억 속에 동생은 여전히 수줍고 고왔던 젊은 날의 모습으로 박제되어 있었던 것이다. 어제 다녀간 이모는 잠시 잊었을지 몰라도, 엄마는 이모가 남기고 간 양산만큼은 보물처럼 챙겨 들었다.

어떤 할매가 건넨 것은 단순한 물건이 아니라, 수십 년을 이어 온 지극한 자매의 정이었음을 엄마의 무의식은 이미 알고 있었던 것일까. 기억은 안개처럼 흩어져도, 손안에 쥐여 준 진정한 온기는 끝내 남는 법이다.

옥주 이모는 언니를 돌보는 조카가 버거울까 봐 며칠이라도 대신 맡겠다며 팔을 걷어붙였지만, 그 삶의 무게를 차마 이모에게까지 넘길 수는 없었다. 이모는 지금도 "언니야, 우리 옛날 맹구로 한 이불 덮고 한 번만 더 살아봤으믄 좋겠다"라며 절절한 그리움을 삼킨다. 엄마와 다시 사는 일은 나에게만 허락하신 것이기에, 이모의 그리움마저 내 몫으로 남겨 두고 나는 다시 엄마의 손을 잡았다.

비록 말은 통하지 않고 시간은 뒤엉켰을지라도, 두 자매는 끈끈한 생의 줄기를 맞잡고 서 있었다. 엄마는 알아보지 못한 동생의 서글픈 마음을 대신 들고 나가는 듯, 이모의 양산을 소중히 쥐고 길을 나선다. 두 사람이 똑같이 맞춰 신은 꽃고무신 위로, 동생이 남기고 간 양산이 짙고 따스한 그늘을 드리우고 있었다.

방 안에는 나직한 시편을 읊는 소리만 남았다. 엄마가 읊조리는 성경 구절 곁에서 나는 영어 성경을 써 내려 갔다.

엄마는 내 글씨를 보며 아이처럼 부러운 눈길을 보냈다. 그 눈길 끝에는 아주 잠시 학교 문턱을 밟아 보았던, 그 짧았던 배움에 대한 평생의 아쉬움이 매달려 있었다. 그런 엄마를 보며 나는 마음을 다해 속삭였다.

"엄마, 학교 공부가 다가 아니에요. 어떻게 살아가는지를 아는 게 진짜 지혜죠. 엄마는 이미 그 지혜를 다 알고 있으니 그것으로 충분해요. 성경도 이렇게 잘 읽고 한자까지 척척 아시니, 그때 벌써 귀한 교회 대안학교를 다닌 셈이나 마찬가지예요."

요즘의 대안학교가 얼마나 좋은 곳인지 설명하며 위로를 건네 보지만, 마음 깊이 박힌 결핍의 가시는 쉽게 뽑히지 않았다. 안개가 짙어지는 날이면 엄마는 나를 동생으로 착각한 채, 해묵은 울분을 비명처럼 터뜨리기도 했다.

"니는 좀 배웠다고 언니인 내를 이리 무시하나! 배운 니가 내한테 이라믄 안 되지!"

그 서슬 퍼런 외침 앞에서 나의 배움은 늘 초라하게 곤두박질쳤다. 엄마의 아픔은 너무도 깊고 형체가 없어서, 배운 사람의 도리 따위로는 도저히 정답을 찾을 수 없었다. 이제 엄마에게는 딸의 잘남도, 유능함도 아무 소용이 없다.

어떤 날은 나 또한 참지 못하고 칼날 같은 말을 내뱉고 말았다.

"그렇게 싫으면 갈 데라도 있으면 빨리 가세요!"

"내를 와 이래 몹시 하노? 형제라꼬 왔디만…."

대못 같은 말들이 서로의 심장을 할퀴었다. 돌봄은 결코 고귀한 선행이 아니었다. 거울 속에 비친 나의 추한 밑바닥을 마주해야 하는 냉혹한 자기 고백이었다. 그럼에도 불구하고, 제정신이 돌아온 순간 엄마가 던진 한마디가 무너진 나를 지탱한다.

"우짜건노, 자식잉께."

그 담담한 위로 앞에서 나는 다시 길을 찾는다. 이제 나는 엄마의 헝클어진 시간 속으로 기꺼이 들어가, 똑같은 꽃 고무신을 신은 여동생이 되어 보기로 한다. 엄마의 여린 살결을 할퀴지 않는, 아주 부드러운 손길을 지닌 그런 동생 말이다.

오늘 마신 음양탕의 온기만큼만, 소금이 물속에 녹아들던 그 고요한 기다림만큼만. 딱 그만큼의 부드러움으로 엄마의 남은 시간을 쓰다듬고 싶다.

우산의 재발견:
엄마는 왜 방 안에서 우산을 폈을까?

"우산 오데 있노? 비 오디나?"

엄마는 밖을 나설 때마다 우산을 찾았다. 비가 오지 않아도, 지팡이가 필요 없는 날에도 엄마의 눈은 언제나 우산을 향해 있었다. 그 시선은 필요를 따지기보다 어떤 확신에 가까웠다. 길가에 버려진 우산이라도 보이면 엄마의 손이 먼저 움직였다. 아무렇지도 않게 그것을 집어 허리 뒤에 살짝 끼우며 엄마는 말했다.

"허리에 요래 받치고 오믄, 엄청시리 시원하데이."

그뿐만이 아니었다. 내가 무거운 과일 봉지를 양손에 들고 오던 날, 엄마는 우산을 내밀며 봉지를 꿰어 같이 들고 가자고 했다. 조선시대 봇짐 멘 선비처럼 우산을 어깨에 메고 걷는 엄마의 뒤에서, 나는 남들이 볼까 주위를 두리번거리며 웃었다. 하지만 그 작은 도구 하나에는 엄마만의 생존 방식이 깃들어 있었다.

방 안에서도, 대문 앞에서도 우산은 늘 그 자리에 있었다. 어느 날 방에 들어서다 나는 그만 걸음을 멈추고 말았다. 방 안 가득, 형형색색의 우산들이 꽃처럼 펼쳐져 있었기 때문이다. 비 한 방울 새지 않을 것 같은 엄마만의 천막이었다.

"뭐 하러 방 안에까지 우산을 펼쳐 놨어요?"

짜증 섞인 말이 앞섰지만, 엄마는 대꾸 대신 우산을 하나씩 보여 주었다. 마치 자신의 존재를 증명하려는 사람처럼.

"니는 어떵 게 좋노? 이기 이뿌제. 색깔도 알록달록하이… 요거 주까?"

"지금 비도 안 오잖아요. 비 오면 아무거나 들고 나갈게요."

엄마는 살이 부러진 우산 하나를 조심스레 접으며 어린 시절 이야기를 꺼냈다. 장마가 져 물난리가 나면 마을 사람들이 모두 앞산으로 피난을 갔던 날들, 고아교회를 가느라 흙탕물이 넘실대던 오로동 다리를 치맛자락 입에 물고 건너던 젊은 날의 기억들…. 차가운 빗물에 얼어붙은 손발이 관절염이 되었을 때, 꿈속에 나타난 할아버지가 알려 준 참기름 요법으로 병을 나았다는 전설 같은 고난의 시간들이 쏟아져 나왔다.

비가 오면 엄마는 바짓자락을 양말 속으로 깊숙이 밀어 넣었다. 비가 오지 않는 메마른 날에도 엄마의 일과는 늘 그곳에서 시작되었다. 엄마는 막내이모가 준 쌈짓돈과 소소한 물건들까지 그 바짓단 사이에, 용하게도 끼워 넣었다.

"엄마, 왜 양말 속에 넣어 둬요? 양말 목 늘어나면 어떡해요."

엄마는 대답 대신 바짓단을 한 번 더 꼼꼼히 여몄다. 불안이라는 비에 젖지 않으려는, 엄마만의 방수 기법이었다. 그 작고 반복적인 동작 속에는 차마 설명되지 못한 시간들이 겹겹이 접혀 있었다. 비를 건너던 고단한 날들, 젖은 길을 피하려 애쓰던 기억들이 병이 만든 고집이 아니라 정직한 생의 언어로 남아 있었다.

비가 조금만 굵게 떨어져도 엄마의 마음은 저 먼 옛날, 물기 가득한 논으로 달려갔다.

"모 심으라고 비가 오는갑다. 아부지 도우러 가야 하는데…."

엄마는 허공에 대고 두 손으로 모를 심는 시늉을 했다.

마디마디 굵어진 손가락 끝이 진흙 속에 박히듯 허공을 가르자, 혜화동 거실에는 흙내음 섞인 빗소리가 차올랐다.

"모 심는 거는 내가 일등으로 잘했데이."

엄마의 쉰 목소리로 들려오는 이 선언은 어떤 성경 구절보다 깊은 울림으로 다가왔다. 이제는 누구와 경쟁할 필요도, 일등으로 잘해 내야 할 의무도 없는 노년의 시간인데도, '일등'은 엄마의 삶을 지탱하는 마지막 자부심이자 목표였다. 엄마에게 일등은 명예가 아니라 생존이었다. 자식을 향한 지극한 사랑의 다른 이름이었다.

무언가 소소한 일거리를 손에 쥘 때에도 엄마는 혼잣말처럼 다짐하곤 하셨다.

"우예도 내가 이거 다 하고 잘끼다."

그 말은 늘 내 마음을 시리게 한다. 평생을 '다 마쳐야' 잠들 수 있었던 사람이었다. 남들보다 앞서서, 남들보다 더 많이 움직여야만 자식들 입에 밥이 들어갔던 그 지독한 성실의 세월이 치매라는 고요한 풍랑 속에서도 그대로 살아 있었다.

나는 이제 엄마에게 일등이 아니어도 괜찮다고 말하는 대신, 엄마가 평생 일궈 온 그 마음을 정성껏 받아 안기로 했다. 그 마음이 있었기에 오늘의 내가 존재할 수 있었음을, 깊게 뿌리내린 고택의 주춧돌처럼 묵묵히 증명하고 싶었다.

가족을 위해 비바람을 막아 내던, 그 시절의 큰 우산 같던 엄마는 이제 보이지 않는다. 대신 내 앞에는 비 오는 날의 문턱에서 길을 잃고 떨고 있는 작고 연약한 노모가 있을 뿐이다. 하지만 나는 서글퍼하지 않기로 했다. 엄마가 허공에 심은 것은 단순한 모판이 아니라, 평생을 성실하게 일궈온 엄마의 삶 그 자체였음을 알기 때문이다.

치매는 엄마의 기억을 흩어 놓았지만, 이 낡은 습관들만큼은 끝내 데려가지 못했다. 방 안 가득 펼쳐진 우산들은 엄마의 불안과 준비가 만든 고요한 보호막이었다. 이제 나는 마른 날에도 양말 속에 바짓단을 꾹꾹 눌러 넣는 엄마를 말리지 않는다. 그것은 치매도, 고집도 아니었다. 언제 터질지 모르는 생의 소나기를 예감하며 살아온 한 여인이 부르는 정직한 몸의 언어였다.

나는 그저 엄마 곁에 앉아 늘어난 양말 목을 함께 잡아줄 뿐이다. 엄마가 바짓단 사이에 숨겨 둔 것이 단순히 쌈짓돈이 아니라, 젖은 길을 건너오며 홀로 흘린 눈물이었음을 이제는 알기 때문이다. 오늘도 엄마는 당신만의 우산 아래서 생의 마지막 구간을 무사히 건너가고 있다. 나는 그 곁을 지키는 친구가 되어, 함께 그 비를 맞으며 걸어갈 뿐이다.

아침 7시 30분, 교회 옥상:
엄마의 기도가 나를 살렸다

　　도시는 아직 깊은 잠에서 깨어나지 않았다. 어둠이 물러가고 빛이 오기 전, 하루 중 가장 연약하고 투명한 시간이다. 차갑지만 맑은 공기 속을 엄마와 나란히 걸었다. 엄마의 느릿한 걸음마다 내게는 땅에 새기는 기도 같은 무게가 실렸다.

우리는 매일 아침 혜성교회를 향해 걸었다. 예배 그 자체보다 소중한 것은, 그 길 위에서 우리가 온전히 '함께' 숨 쉬고 있다는 사실이었다. 서로의 보폭을 맞추고 온기를 확인하는 그 짧은 걸음이 우리의 살아 있는 예배였다. 지하 예배실에서 침묵의 기도를 마치고 엘리베이터에 올랐다.

"엄마, 4층 눌러요. 빨리요."

"가마이 있어 봐래이… 4가 오데 있노?"

한때는 버튼 하나를 찾지 못해 헤매는 엄마의 손가락을 보며 세상이 무너지는 듯한 절망을 느끼곤 했다. 그러나 이제 엄마는 당황하지 않고 천천히 손을 뻗는다. 벽에 붙은 작은 소식지를 끝까지 읽어 내려가는 엄마의 눈빛에서, 아직 남아 있는 세상을 보려는 힘이 느껴졌다.

옥상 정원에 올라서면 세상의 시계는 잠시 멈춰 선다. 발 아래에서는 출근길이 시작되지만, 엄마는 그 흐름에 자신을 섞지 않는다. 작은 꽃 한 송이, 손바닥만 한 수박 앞에 멈춰 선 엄마는 더 이상 환자가 아니었다. 그저 창조주가 일구어 놓은 정원을 거니는 소박하고 평온한 관찰자일 뿐이었다.

엄마는 맨드라미를 가리키며 "닭비슬이네"라고 했다. 사물의 이름을 맞출 때마다 숨을 길게 내쉬었다. 멀리 남산타워가 보였지만, 나는 엄마의 손가락 끝만 바라보고 있었다.

옥상의 벤치는 우리만의 작은 예배당이었다. 햇살이 따스하게 내리쬐면 우리는 그곳에 앉아 시편 23편을 읊었다.

"여호와는 나의 목자시니⋯." 엄마는 노래하듯 성경 구절을 외웠다. 사망의 음침한 골짜기를 지나갈 때조차 엄마의 목소리는 평온했다. 골짜기의 어둠보다 주께서 함께하신다는 약속이 엄마에겐 전부였기 때문이리라.

"엄마, 기도하세요."

"니가 해래이. 니는 맨날 내만 하라카노."

투덜대면서도 엄마가 먼저 두 손을 모았다. 옥상 위로 낮은 중얼거림이 퍼졌다. 엄마의 기도는 샘물 같았다. 길게 읊지 않아도 고요히 고여 나를 적셨다. 내가 잘나서 버티는 줄 알았던 시간들이 실은 엄마의 기도라는 그물에 걸려 겨우 지탱되고 있었음을, 옥상의 맑은 바람 속에서 깨달았다. 엄마의 기도는 나의 무너진 하루를 다시 세우고 있었다.

난간 너머 멀리 와룡공원 위의 초소를 보며 엄마가 물었다.

"저 산 만대이(산봉우리) 위에 있는 거는 뭐꼬?"

"군인들 초소예요, 엄마. 군인들이 저기서 지키고 있는 거예요."

엄마는 잠시 침묵하시더니 낮은 한숨을 내쉬었다.

"절믄 애들이 고생이 많네."

자신의 기억조차 온전히 지켜 내지 못하는 가혹한 시간 속에서도 엄마는, 산꼭대기 찬바람을 맞으며 서 있을 이름 모를 청년들의 수고를 먼저 걱정하고 있었다. 4층 옥상 위에서, 아래에서는 보이지 않던 세상의 질서가 한눈에 들어

왔다. 우리의 시선이 조금만 더 높은 곳을 향할 수 있다면, 치매라는 어두운 골짜기조차 거대한 정원의 일부일 뿐이라는 사실을 이해하게 된다.

엄마의 걸음을 단단하게 하기 위해 나는 지팡이에 의지하지 않고 홀로 걷는 훈련을 이어 간다. 가파른 언덕길을 내려올 때면 혹여 기우뚱할까 온 신경이 곤두서지만, 섣불리 손을 내미는 대신 한 발 앞서 걸으며 등 뒤로 가만히 손만 뻗어 둔다. 지켜보는 괴로움을 견디며 스스로 하게 하는 것. 그것은 엄마가 자신의 삶을 끝까지 주체적으로 붙잡기를 바라는, 내가 줄 수 있는 가장 치열한 응원이자 배려였다.

가끔 장난기가 발동해 엄마에게 묻는다.

"엄마, 우리 달리기 시합할까요?"

"내가 우예 달리겠노? 천근만근인 이 몸으로."

"그럼 내가 이길까요, 엄마가 이길까요?"

"인자 내가 우예 달리겠노…."

엄마의 대답은 뻔하지만, 나는 멈추지 않고 내 자랑을 늘어놓는다.

"엄마, 나 마라톤 풀코스까지 달린 사람이에요. 42.195㎞를 다섯 시간 동안이나 쉬지 않고 달렸다고요. 그게 얼마나 먼 거리인 줄 알아요? 백 리 길이에요, 백 리!"

마라톤 풀코스, 다섯 시간, 백 리 길. 내가 내놓은 숫자의 무게는 제법 묵직했지만 엄마는 그 물리적 거리에 별 관심이 없다. 그저 눈앞에서 재잘거리는 딸의 활기가 좋은지, 추임새를 넣듯 신나게 맞장구를 치셨다.

"잘했군, 잘했어!" 하고 노래를 부르듯.

엄마에게는 내가 얼마나 멀리, 얼마나 오래 달렸는지가 중요하지 않다. 그저 내가 무언가를 해냈다는 사실 하나에 아이처럼 기뻐할 뿐이다. 세상은 내가 기록한 숫자와 등수로 나를 평가하지만, 기억이 안개에 가려진 엄마에게 나는 그저 무엇을 해도 대견한 엄마 딸일 뿐이다. 백 리 길을 돌아온 마라토너는 엄마의 그 짧은 칭찬 한마디에 긴 경주를 마친 듯 평온해진다.

Goodness Cafe(굿네스 카페) 앞 길가에 수북이 쌓인 은행잎을 발로 쓸어 모으며 엄마가 물었다.

"이거 다 쓸어 모아야 하나?"

엄마의 뒷모습을 지켜보다가 코끝을 스치는 진한 낙엽 냄새를 맡았다. 엄마의 속도에 맞춰 멈춰 서서야 계절이 바뀐 것을 알았다. 어느새 가을이 깊어 와 있었다. 엄마는 잊어 가는 것들에 슬퍼하기보다, 남아 있는 것들로 하루를 채우고 있었다. 망각은 엄마를 오늘만 사는 사람으로 만들었고, 엄마는 눈앞의 잎사귀 하나에 온 마음을 다했다.

사람들은 치매를 앓는 이를 돌보는 일이 제일 힘들다고 말한다. 하지만 우리는 그들에 대해 모르는 게 너무 많다. 기억은 흐릿해져도 감정은 선명히 살아 있다.

아침 7시 30분, 교회 옥상 정원. 엄마의 굽은 등을 어루만지는 햇살과, 이제는 힘을 뺄 줄 알게 된 나의 부드러운 손길. 기억은 사라져도 사랑은 사라지지 않는다는 그 진리 속에서, 우리의 하루는 완성된다.

치매 엄마는 아직도 멋쟁이:
김옥란 여사의 런닝구 레이어드 룩

엄마는 요즘 세상 모든 것에 '예쁘다'는 수식어를 붙인다. 낡은 책 한 권을 들여다보며 "책이 와 이리 이쁘노?" 한마디 하면, 무채색 표지가 잠시 꽃처럼 피어난다. 아이들의 웃음도, 길가에 핀 이름 없는 풀꽃도 엄마의 순수한 시선 앞에서는 모두 아름다운 것이 된다.

특히 아침 산책길에 만나는 강아지 호두는 엄마가 가장 반가워하는 손님이다. 꼬리를 흔들며 다가오는 호두를 보며 엄마는 환하게 웃고 말씀하신다.

"야, 이눔, 대호강한대이!"

사랑받는 생명이 누리는 평화를 한눈에 알아채는 엄마의 마음은, 기억은 흐려졌어도 세상의 행복을 감지하는 촉수만은 더 예민하게 살아 있는 듯하다.

엄마의 재치는 기억이 비어 갈수록 오히려 빛을 발했다. 내가 여러 천을 덧댄 패치워크 원피스를 입었더니 엄마가 웃으며 물었다.

"요새 돈이 하도 없응께, 그 치마는 남이 버린 거 주워 와 가꼬 짤라 가꼬 맹길어띠나?"

남편이 요즘 유행하는 옷이라고 설명하자 엄마는 한술 더 떴다.

"그런나? 그라믄 내도 유행 치마 함 입어 보재이. 내는 내가 지금 입은 이 바지가 유행인 줄 알고 입고 댕기는데…."

우리는 서로 얼굴만 바라보다가 웃음을 터뜨렸다. 엄마의 유머는 늘 우리의 슬픔보다 한 걸음 앞서 달려 나갔다.

엄마는 이른 아침부터 옷걸이를 이리저리 휘저으며 외출 준비에 여념이 없다. 수많은 옷 중에서도 엄마가 가장 먼저 찾는 것은 늘 큰이모가 선물하신 분홍색 옷이다. 세탁해야 한다고 말려도, 엄마는 마치 그 색깔이 자신의 잃어버린 생기를 되찾아주기라도 하는 듯 오직 그 옷만을 고집한다.

그 고집스러운 분홍색 옷을 입고 마당에 나선 엄마를 본 일본인 손님 미카코(Mikako) 씨가 환하게 웃으며 엄마의 손을 맞잡았다. "마마, 끼레이데스네(엄마, 예쁘네요)." 진심 어린 칭찬에 엄마는 잠자고 있던 기억의 서랍을 열어 "아리가또우 고자이마스"라고 화답하며 수줍게 웃었다. 두 사람은 나란히 손을 잡고 혜화동 골목을 오래도록 거닐었다. 대학로의 유서 깊은 학림다방에 마주 앉아 하얀 크림이 얹힌 비엔나커피를 마시고, 팔순의 예술인 한순서 선생의 춤을 보기 위해 서울 돈화문국악당을 찾기도 했다. 석양이 붉게 물들며 오래된 한옥 담벼락을 비추던 시간, 노을 속 엄마의 분홍빛은 유난히도 따스하게 반짝였다. 국적도 언어도 다른 두 여자가 자아내는 풍경은 저물어가는 하루를 축복하는 다정한 모녀의 모습과 닮아 있었다.

이 마법 같은 순간의 중심에는 '휴머니튜드(Humanitude)'가 있었다. 프랑스에서 개발된 이 치매 케어 기법은 '보고, 말하고, 만지고, 서는' 네 가지 기둥을 핵심으로 한다. 미카코 씨를 비롯한 외국인 게스트들이 엄마의 눈을 정면으로 바라보고(Eye contact) 따스하게 손을 맞잡아주던 그 모든 행동이 바로 휴머니튜드의 실천이었다. 언어의 장벽을 넘어선 눈빛과 다정한 스킨십만으로도 엄마는 깊은 안정감을 느끼고 있었다.

엄마는 가끔 기발한 농담으로 우리를 무장해제시키곤 하셨다. 누군가 일이 잘 풀리지 않아 "화가 나서 열받는다"며 투덜거리면, 엄마는 무척 진지한 표정으로 말씀하셨다.

"그 열 개를 다 받지 말고, 딱 한 개만 받아라."

허를 찌르는 산술법에 허탈한 웃음이 터지면, 엄마도 아이처럼 따라 웃으셨다.

눈이 쏟아진 날, "엉금엉금 기어왔다"고 엄살을 피울 때면 엄마는 다짜고짜 내 손바닥부터 펼쳐 보라 하셨다.

"기어왔다 카이까네, 손바닥에 흙이 묻었나 안 묻었나 볼라꼬."

비록 기억의 조각들은 모래알처럼 흩어지고 있었지만, 우리의 고단함을 유머로 치환해 주던 엄마만의 사랑법은 그 자리에 고운 빛으로 남아 있었다.

나는 가끔 엄마에게 어린아이처럼 엄살을 부려 본다.

"엄마, 나도 이제 환갑이라니까요? 환갑!"

내 나이가 이만큼이나 찼으니 삶의 고단함을 좀 알아 달라는, 투정 섞인 외침이었다. 하지만 엄마는 찰나의 망설임도 없이 대답하신다.

"환갑? 꼴값?"

환갑이라도 엄마 앞에서는 꼴값 떨지 말라는 뜻인지, 나이 먹었다고 유세 부리는 모습이 그저 우스우신 건지 알 길은 없다. 다만 그 명쾌하고도 엉뚱한 응수 앞에 나는 그만 무장해제되어 웃음을 터뜨리고 만다. 환갑의 딸을 단숨에 꼴값떠는 어린애로 만들어 버리는 엄마의 기막힌 순발력이다.

병마는 엄마의 기억을 조각 냈을지언정, 자식의 엄살을 단칼에 제압하는 엄마만의 단단한 기개와 해학까지는 가져가지 못한 모양이다. 그 천진한 웃음 앞에서 내가 세운 자식의 권위나 거친 잣대는 다시 한번 속절없이 무너져 내린다.

하지만 그 재치 뒤에는 나의 인내를 시험하는 기이한 멋이 도사리고 있었다. 어느 날 엄마 방문을 연 나는 비명을 지르고 말았다. 스웨터 위에 런닝구를 껴입고, 바지 위에 팬티를 덧입은 모습. 손녀 유진이에게는 "할머니 핫한데?" 하고 웃어넘길 해프닝이었으나, 내 마음은 갈기갈기 찢겼다. 왜 나는 저 아이처럼 여유 있게 웃지 못하고, 늘 조급한 가위질로 엄마의 세계를 단정하게 잘라 내려고 하는지 괴로웠다.

급기야 엄마 방의 옷들을 내 방으로 압수해 왔다. 그러나 엄마는 기어이 그 옷들을 보물찾기하듯 찾아내 겹겹이 껴입었다. 내복 위에 조끼, 그 위에 목티, 다시 가디건…. 계절과 상관없이 몸이 기억하는 대로 감싸 안았다.

"엄마, 도대체 왜 이래요!"

화가 치밀어 옷들을 한꺼번에 잡아채 벗겨 내고 방바닥에 내동댕이쳤다. 엄마는 끝까지 고집을 꺾지 않았다. 거동조차 힘겨워 보이는 그 기괴하고 서글픈 레이어드 룩 앞에서, 이미 화는 저만큼 앞서 달려가고 사랑은 저 뒤에서 숨을 헐떡이며 뒤처져 있었다.

그 겹겹의 옷은 엄마에게 사라져 가는 자신의 존재를 붙잡으려는 마지막 방어막이었음을 나중에야 알았다. 기억이 헐거워질수록 몸이라도 무겁게 감싸 안으려 했던 그 애절한 본능을, 나는 '단정함'이라는 나의 잣대로 재단했다. 바닥에 팽개쳐진 옷가지들을 보며 나는 한참을 울었다.

치매는 시간을 뒤엉키게 했지만, 엄마의 아름다워지고 싶은 의지만은 데려가지 못했다. 은발의 짧은 머리도 충분히 고우신데, 미장원 간판만 보면 엄마는 "까마쿠로(까맣게) 물도 들이고, 빠마(파마)도 해야겠다"고 고집을 부렸다. 짧은 은발 그대로도 충분히 아름답다고 말려 보아도, 엄마의 멋은 늘 '해야 한다'는 단정함의 의무로 움직였다.

오히려 부스스한 내 머리를 바라보며

"니라도 머리를 단정하구로 짜르덩가, 까달막찌구로 딱 무끄라이! (단단히 묶어라)"

하고 던지는 핀잔 속엔, 그 시절 엄마가 지켜 온 미적 기준이 여전히 서슬 퍼렇게 살아 있었다. 그 서슬 퍼런 꾸중이 어찌나 반가운지, 나는 혼이 나면서도 그 호통이 나를 자식의 자리로 되돌려 놓는 것 같아 말없이 달게 받았다.

요즘 엄마의 짧은 은발 사이로 드러나는 부드러운 곱슬기를 보며 처음으로 알게 되었다. 평생 아버지를 꼭 빼닮았다는 소리를 들으며 살아왔건만, 내 머리카락의 가느다란 결만은 아버지가 아닌 바로 엄마의 것이었다. 이 명백한 유전의 증거를 60년이 지나서야 발견하다니!

엄마는 내가 세상의 빛을 보기 전의 안동 집 이야기를 종종 들려주셨다. 나의 오른쪽 머리는 납작한 절벽이다. 남들은 모르는 이 비대칭의 비밀은 내가 태어나기도 전, 안동의 어느 한옥 마루에서 시작되었다. 추락하는 오빠를 구하기 위해 만삭의 몸을 던졌던 엄마. 그 서슬 퍼런 모성애 속에서 뱃속의 나는 거꾸로 뒤집혔고, 그때의 충격은 가느다란 곱슬머리와 납작한 두상으로 박제되었다.

거울을 볼 때마다 생각한다. 이것은 상처가 아니라, 엄마가 사랑을 지키기 위해 내던진 몸의 기록이자 태어나기 전부터 나누어 가진 엄마의 희생이었다. 기억은 조금씩 지워지고 있지만, 내 몸에 새겨진 사랑의 낙관만큼은 이토록 선명하다.

내 출생 기록은 태어나서 여섯 달을 머물렀던 안동으로 되어 있다. 경북 구미시 고아(高牙)에서 농사만으로는 생계가 막막해 떠났던 타지였지만, 아버지는 고향에 홀로 계신 할머니가 걱정되어 결국 다시 발길을 돌리셔야 했다. 안동은 태생지로 삼기엔 너무 짧은 기간 머문 곳이었지만, 지금 내가 한옥에 뿌리내리고 살다 보니 그 '안동 출생'이라는 기록조차 내 삶의 운치에 한몫을 해 준다. 그 낯선 타지에서 엄마가 몸을 던져 지켜 낸 생명이 다시 한옥의 품으로 돌아온 셈이다.

하지만 이 평화로운 공간에서 엄마와 나의 실랑이는 매일같이 이어진다. 엄마는 겹겹의 옷을 생존을 위한 무기처럼 챙겨 떠나려 하고, 나는 그 무기를 슬그머니 빼앗아 온다. 이 치열한 공방을 멈추게 하는 건 뜻밖에도 엄마의 마지막 본능이다.

"엄마, 왜 내 옷을 입으려고 해요? 그건 작아서 불편해요."

그 말 한마디에 엄마는

"이게 니끼가? 내가 몰랐대이."

하며 순한 얼굴로 옷을 건넨다. 세상 모든 것을 잊어도 딸의 것은 탐내지 않겠다는 그 마음만은, 지워지지 않는 낙관처럼 남아 있는 것이다.

엄마는 요즘 부쩍 옷에 집착하신다. 왜 그토록 옷에 마음을 쏟으시는 걸까. 큰이모를 시작으로 아래로 세 자매가 줄줄이 자라던 시절, 옷 한 벌이 귀해 서로 나누어 입는 게 일상이었을 테다. 그 틈바구니에서 엄마는 늘 자신의 몫을 양보하며 살아왔을지도 모른다. 생의 황혼에 이르러서야 '엄마의 이름'을 가진 옷들을 실컷 입어 보며, 지난날의 갈증을 채우려는 것일까.

때로는 딸인 나의 운동복이 예쁘다며, 맞지도 않는 작은 옷을 겨우 몸에 끼워 입어 보기도 하신다. 젊은 사람들 옷을 탐내고, 눈이 부실 정도로 알록달록한 색감을 좋아하는 엄마의 모습에서 나는 묘한 애잔함을 느낀다.

평생을 타인과 가족을 위해 헌신하며 무채색의 삶을 살아온 엄마. 묵혀 둔 세월을 깨워 자기 몸 위에 화려한 색을 덧칠하며, 못다 피운 소녀성을 드러내는 그 몸짓은 어쩌면 세상에 보내는 엄마만의 수줍은 고백일지도 모른다. "나도 이제는 나를 위해 예뻐지고 싶다"는 그 간절한 선언을, 나는 엄마의 화려한 옷차림 속에서 읽어 낸다.

밤새 볏짚단을 옮기던 '의좋은 형제'처럼, 아침이면 내 방의 옷들이 다시 엄마 방에 수북이 쌓여 있다. 나는 그 지치지 않는 소란에 안도하면서도 엄마의 두꺼운 외투 앞에서는 아찔해진다. 외투를 걸치는 순간 엄마는 기어이 문밖을 나서는 '떠나는 사람'이 되어 버리기 때문이다. 외투 소맷자락을 붙잡는 나의 손길에는, 제발 어디로도 가지 말고 내 곁에 머물러 달라는 간절하고도 소리 없는 아우성이 담겨 있다.

아버지의 밥상은 누가 차리노?:
기억은 사라져도 '엄마의 습관'은 남는다

　엄마는 어느 순간부터 반세기 넘게 살아온 울산을 기억의 지도에서 지워 버렸다. 지금 우리가 함께 사는 집에서도 엄마는 늘 이방인처럼 낮은 목소리로 말했다.

　"내가 너무 오래 있었제. 인자 가야제. 니를 뭐 할라꼬 고상을 시킬 끼고. 사위 눈치도 보이고…."

　이 집의 주인이 아니라 잠시 머물다 떠날 손님처럼, 엄마는 늘 미안해하며 짐을 챙겼다. 그럴 때마다 나는 웃으며 엄마를 붙잡았다.

　"유진이 아빠 눈치를 왜 봐요?"

　엄마는 데이케어센터에 갈 때마다 남편을 향해 "잘 다녀오겠습니다" 하고 크게 인사를 건넸고, 돌아올 대답에 온 신경을 곤두세웠다. 원래 무심한 사람이라 살갑게 화답하지 못하는 남편의 뒷모습을 보며, 엄마는 내내 마음을 졸였다.

　사실 나는 남편의 그 무심함을 '다른 것'이 아니라 '틀린 것'이라 여기며 오래 서운해해 왔다. 하지만 엄마가 서울 집으로 올라와 지내고, 조카들이 수시로 우리 집을 드나들며 소란을 피우는 날들이 이어지면서 알았다. 때로는 그 투박한 무심함이 무엇보다 요긴하다는 것을. 지금도 그는 세탁기 앞에 서서 엄마가 쏟아 낸 그 많은 빨래를 묵묵히 해치운다. 쉴 새 없이 돌아가는 세탁기 소리에 맞춰, 그는 자신의 무심함이 결코 무관심이 아니었노라고 온몸으로 항변하고 있는지도 모르겠다. 그만의 투박하지만 정직한 돌봄의 방식이었다. 오히려 모든 것을 예민하게 살피고 반응하는 나의 피곤한 배려보다, 묵묵히 제 자리를 지키며 상황에 일희일비하지 않는 무심함이 엄마와 조카들에게는 마음 편히 머물 수 있는 넓은 그늘이 되어 주고 있었다.

　하지만 엄마의 마음은 이미 다른 생의 시간으로 걸어가

고 있었다.

"어디로 가려고요?" 하고 물으면 엄마는 늘 같은 대답을
했다.

"감청까 갈 끼다. 아부지 밥 해 드릴라꼬."

그 말이 나오는 순간, 시간은 갈피를 잃는다. 외할아버
지는 이미 오십 년 전에 세상을 떠났다. 하지만 엄마의 세계
에서는 아직 저녁조차 찾아오지 않았다. 나는 현실을 들이
밀었다. 외할아버지가 돌아가신 지 오래되었다고 말하면,
엄마는 거짓말을 가려내려는 듯 눈을 부릅뜨고 나를 노려보
았다.

"지금 당장 전화 해 봐라. 내가 거짓말하는가. 요 오기 전
에도 밥 다 차려 드리고, 맛있게 드시는 것도 내 두 눈으로
똑똑히 보고 왔다. 무신 소리 해쌌노!"

단호한 말투에는 자식의 헛소리를 꾸짖는 부모의 권위
가 서려 있었다. 평소에 아끼는 조카며느리, 상균이 엄마한
테 부탁까지 해 두었다고 했다. 결국 나는 엄마가 보는 앞에
서 외삼촌에게 전화를 걸었다. 수화기 너머로 상황을 전해
들은 외삼촌의 깊은 한숨이 긴 여운을 남기며 흘러나왔다.
엄마의 세계를 지탱하던 거대한 벽 하나가 또 한 번 조용히
무너져 내리는 순간이었다.

"니가 고생이 만태이…"

삼촌은 그 말 외에는 아무 말도 잇지 못했다. 죽은 아버

지가 살아 있다고 믿는 누이의 망상과, 그 망상을 매일 정면으로 마주하며 버티는 조카의 현실 사이에서 삼촌이 건넬 수 있는 가장 무거운 위로였다. 엄마는 전화를 끊고도 한참을 멍하니 계셨지만, 이미 마음속에서는 아버지에게 갈 채비를 다 끝낸 표정이었다.

현실의 벽이 허물어진 자리에는 다시 엄마만의 애틋한 환상이 차올랐다. 며칠 뒤, 나는 잠든 척 누워 엄마의 기묘한 행동을 지켜보았다. 엄마는 낯선 손님에게 다가갔다. 손을 비비며 더듬더듬 말을 건넸다. 잘 알지도 못하고, 심지어 말조차 통하지 않는 외국인 손님에게라도 기어이 돈을 빌려 아버지에게 가야만 한다는 그 절박함이 어둠 속에서도 애처롭게 일렁였다. 엄마는 내가 깰까 봐 조심스러운지, 곁에 누운 나를 가리키며 낮은 목소리로 속삭였다.

"동상이 지금 잠이 푹 들어가꼬, 암만 깨워도 안 일나요. 우리 동상 일어나면 돈을 줄 낀데…."

나를 딸이 아닌 '잠든 동생'이라 부르는 그 말 속에서, 나는 엄마의 영혼이 이미 내가 태어나기도 전, 친정 식구들과 북적이며 살던 젊은 날의 감청가로 돌아가 있음을 알았다. 엄마는 손님에게 더 가까이 다가가 숨을 죽여 간청했다. 정월 초하루에 아버지께 드릴 돈을 만들어야 하니 이만 원만 빌려 달라고, 손가락 두 개를 펴 보이며 애원하듯 졸라댔다.

엄마의 세계에서 아버지는 아직도 장날이면 마당에 큰

솥을 걸고, 지나는 이들에게 국밥을 내어 주던 자애로운 분이었다. 비록 형편은 가난했을지언정 배고픈 이들에게 밥을 나누던 그 따뜻한 인정을, 엄마는 기억의 뒷길에서도 차마 치우지 못했던 것이다. 이만 원은 단순한 지폐가 아니라, 아버지의 평생을 지탱해 온 그 고귀한 '나눔'을 이어 가려는 엄마만의 눈물겨운 부조(扶助)였다.

내가 운영하는 유진하우스에 머물던 일본인 손님은 당황하며 "오카네가 나이데스(돈이 없어요)"라고 답했지만, 엄마는 끝내 그 부탁을 포기하지 않았다. 나를 향해 "인지증(認知症)"이라며 조용히 고개를 끄덕이던 손님의 눈빛. 엄마의 세계를 타인의 언어로 냉정하게 확인받았을 때의 그 쓸쓸함이란. 나는 엄마의 그 간절한 진심을 어찌할 바 몰라, 그저 어둠 속에서 숨을 죽인 채 그 광경을 지켜볼 뿐이었다.

며칠 뒤, 엄마는 그 일을 또렷이 기억했다.

"학실히 일본 사람은 다르더래이. 한국 사람이라카믄 돈을 빌려 주씰 끼다."

하며 서운해했다. 엄마는 많은 것을 잊었지만, 아버지에게 가야 한다는 마음만은 끝내 놓지 않았다.

나는 한 번 말해 보았다.

"엄마, 할아버지를 보시려면 천국 가야죠."

그 말에 엄마는 불쑥 화를 냈다. 오래 쌓아 둔 억울함이 그 한마디에 밀려 나온 듯했다.

"내보고 퍼뜩 죽으라 카는 소리가? 내가 얼마나 힘들구로 살아왔는데, 벌써 죽으라 카노?

내사 억울해서도 지금은 못 죽는다."

그 말은 분노라기보다 고단했던 세월에 대한 장엄한 증언처럼 들렸다. 엄마는 죽음을 모르는 것이 아니었다. 다만 아직은 떠날 수 없었을 뿐이다. 엄마는 지금 과거와 현재, 그 아슬아슬한 경계 위에 서 있다. 밥 짓는 딸의 자리에서 단 한 발짝도 물러나지 않은 채.

그 세계 속에서 외할아버지는 숟가락을 들고 저녁을 기다리신다. 그리고 나는 그 밥상 곁에 조용히 앉아, 사라져 가는 것들이 남긴 그 지독하고도 아름다운 사랑을 지켜보는 증인이 된다.

엄마가 차리려던 아버지의 밥상은 이제 우리 집에서 호박 껍질을 벗기고 신발을 정리하는 손길로 이어지고 있다. 아침이면 창을 환히 열어젖히며 날씨를 확인하고, 거실 창가에 앉아 여행자처럼 밖을 지나는 사람들을 살핀다. 오후가 되면 소파에 나란히 앉아 늙은 호박을 간다. 서툰 내 손길을 보며 엄마는 말했다.

"그래, 아즉은 니보다는 내가 더 잘 깔 끼다."

엄마는 그 억센 호박 껍질을 투박한 손으로 거침없이 벗겨 내며 환하게 웃으신다. 그 웃음 속엔 자식에게 무언가 해줄 수 있다는 엄마의 자부심이 녹아 있다.

실제로 엄마는 현관으로 들어가고 나가며 신발을 정리하는 일을 나보다 더 잘하신다. 어느새 내 신발까지 나란히 챙겨 두신 걸 보면 코끝이 찡해 온다. 나는 가끔 설거지나 빨래 개는 일을 엄마에게 부탁드린다. 그것은 엄마가 가진 '잔존 능력'을 끝까지 지켜 드리고 싶은 나의 간절한 배려이자 예우다.

엄마는 손끝이 야무지다는 말이 무색할 만큼, 보따리를 싸는 일에도 능숙하셨다. 갑자기 외가에 가야겠다는 생각이 들면 엄마는 가방에 바늘 하나 들어갈 틈 없이 차곡차곡 짐을 꾸리신다. 마땅한 보자기가 없으면 커다란 옷이라도 펼쳐 보자기 삼아 단단히 매듭을 지으셨다.

기억은 성긴 그물처럼 빠져나가고 있었지만, 평생 가족을 위해 몸으로 익힌 살림의 감각만큼은 살아 숨 쉬고 있었다. 나는 엄마가 무언가를 할 수 있는 존재임을, 당신의 손길이 우리 집에 꼭 필요하다는 것을 끊임없이 느끼게 해 드리고 싶었다. 짐을 꾸리는 그 단단한 매듭 속에 엄마의 시간이 그대로 묶여 있음을 믿기 때문이다.

비록 엄마의 맑은 눈이 이제는 방향을 알지 못할지라도, 나는 기도한다. 엄마가 손끝으로 빚어 내는 이 야무진 습관들이 언젠가 길을 잃었을 때 집으로 돌아올 수 있는 유일한 마음의 지도가 되기를. 우리의 하루는 그렇게 사라지지 않는 사랑 속에서 완성된다.

　나는 엄마에게 그저 유능한 간병인으로만 남고 싶지는
않았다. 내 곁에 머무는 동안만이라도 엄마가 조금 더 편안
하고 다정한 온기를 누리길 바랐다. 이제는 엄마와 딸이 아
니라, 딸과 엄마로서 진심으로 연결되어 서로에게 안식처가
되어야 할 때였다.

하지만 나는 본래 다정한 성정을 지닌 이가 아니었다. 아니, 어쩌면 타인에게 그토록 따뜻한 사람이 될 수 없는 존재라는 것을 누구보다 내가 잘 알고 있었다. 완벽한 돌봄보다 어려운 것은 무너져 가는 엄마를 온전한 사랑으로 마주하는 일이었고, 그 앞에서 나의 부족함은 매번 날카롭게 드러나곤 했다.

매일 아침, 나는 억지스러운 주문을 외우듯 스스로를 설득하며 하루를 견뎌 낸다. 엄마의 숨결이 내 안으로 깊게 스며들 때면 잠시 우리가 가까워졌다는 착각에 빠지기도 하지만, 마음 한구석엔 어설픈 거리감이 서성인다. 어쩌면 나는 본래 내 것이 아닌 온기를, 엄마라는 이름의 희미해지는 빛을 필사적으로 붙잡고 있는지도 모른다.

지나치게 강한 책임감이 늘 문제였다. 내 엄마이기에 기대와 기준은 언제나 높았고, 엄마는 그 버거운 요구를 가끔은 용케도 따라와 주었다. 어떻게든 엄마의 기억을 되돌리고 싶다는 간절함이 내 몸을 움직이는 유일한 동력이었다.

돌봄이란 결국 섬세한 균형을 찾는 일이었다. 그것은 한 사람의 존엄을 지켜 내는 것과 안전한 일상을 보장하는 것 사이의 위태로운 줄타기였다. 치매는 단지 기억을 앗아 가는 병이 아니었다. 삶의 속도를 늦추고 사랑의 방식을 근본부터 다시 배우게 하는, 가혹하고도 다정한 선생이었다. 이제 나는 거창한 사명감이 아니라, 그저 잘 살아 내기 위해 엄마를 돌본다. 이 시간 끝에 남을 것은 화려한 결과가 아니라, 매 순간 어떤 태도로 임했는가라는 진실뿐임을 알기 때문이다.

평생을 남을 살리는 일을 하다가 얼마 전에 그토록 가고 싶어 하던 천국으로 가신 김제환 전도사님, 평생을 독신으로 사신 여장부셨다. 어려운 일이 있을 때마다 나에게 가장 큰 힘이 되어 주셨고, 엄마를 모시는 일에도 늘 응원하면서 많은 조언을 해 주셨다. 당신은 죽음의 문턱을 넘나들고 있는 상황에서도 엄마와 나를 걱정해 주셨는데… 엄마처럼 무조건 내 편이 되어 주셨던 분, 올봄만 넘겨보자고 했는데 육신의 장막을 벗고 우리 곁을 떠나셨다. 이렇게 귀한 분들을 한 분씩 보내드리는 때가 왔다.

부모를 돌보는 일은 참으로 무거웠다. 아무리 깊이 사랑해도 사랑만으로는 결코 메울 수 없는 절벽이 있었다. 내리사랑은 있어도 치사랑은 없다는 옛말처럼, 자식의 몫은 늘 과분하면서도 모자랐다. 더 잘하려고 애쓸수록 관계는 질식할 듯 숨이 막혀 왔다. 깨달음은 뒤늦게 찾아왔다. 중요한 것은 내가 무엇을 해 드렸느냐가 아니라, 엄마가 얼마나 편안했는가였다. 나의 선의라는 잣대가 때로는 엄마를 아프게 찌르는 가시였음을 고백한다.

매일 만족할 수는 없었다. 사랑이 앞서는 날보다 짜증이 먼저 고개를 드는 날이 더 많았다. 돌봄의 하루는 늘 승리와 패배를 동시에 품은 채 저물었다. 그러나 가장 중요한 것은 내가 얼마나 완벽했느냐가 아니라, 오늘도 그 곁을 떠나지 않았다는 사실이었다. 그 무겁고도 따스한 머무름이 결국 사랑의 다른 이름임을 나는 믿는다.

엄마가 요양원으로 향할 뻔한 길목에서 만난 '퍼즐'은 우리에게 작은 기적이었다. 치매 엄마와 십여 년을 함께 살아온 소영 선생은 '예쁜 치매 동행 일기'라는 이름의 오픈채팅방을 운영하고 있다. 치매 환자를 돌보는 가족들이 모여 정보를 나누고 서로를 다독이는 작은 소그룹의 방장이다. 치매 환자를 돌보는 이들에게 무슨 수다스러운 여유가 있겠는가? 채팅방은 늘 정적에 싸여 있다. 그저 방장이 가끔 안부 인사를 남기며 채팅방의 불빛을 꺼뜨리지 않을 뿐이다. 그 침묵은 무관심이 아니라, 각자의 전쟁터에서 사투를 벌이느라 말 한마디 내뱉을 기력조차 없는 이들의 무거운 안부라는 것을 안다.

방장에게 우리 엄마의 상태를 살펴봐 달라고, 그리고 도대체 어떻게 십여 년이라는 긴 세월을 버티며 치매 엄마를 모실 수 있었는지 방법을 알려 달라고 했다. 특히 가장 큰 고민은 엄마의 '빈 시간'이었다. 데이케어센터에서 돌아와 잠자리에 들기 전까지, 그 막막한 여백을 어떻게 채워야 할지 알 수 없었다. 한때 좋아하시던 뜨개질은 이제 흥미를 잃었고, 성경 읽기조차 옆에서 지켜보지 않으면 한 페이지를 넘기지 못했다. TV 소음마저 싫어했다.

고민하던 나에게 돌아온 답은 의외로 소박한 예닮 퍼즐이었다. 소영 선생은 직접 혜화동까지 찾아와 말없이 퍼즐판을 펼쳤다. 그러고는 퍼즐 조각 뒷면과 판 위에 일일이 숫자를 적어 내려갔다. 기억의 길을 잃어버린 엄마를 위해, 숫자라는 비밀번호를 정성껏 심어 둔 것이다.

엄마 곁에 앉아 퍼즐 한 조각을 맞출 때마다 그는 아낌없는 찬사를 보냈다.

"어머, 어머니! 정말 퍼즐 박사님이시네요. 이걸 어떻게 찾았어요?"

그 말에 엄마의 흐릿하던 눈빛에 생기가 돌기 시작했다. 무기력하게 늘어져 있던 손가락 끝에 힘이 실리고, 조각과 조각이 맞물려 하나의 그림이 완성될 때마다 엄마의 입가엔 옅은 미소가 번졌다. 그 활기를 지켜보며, 막혔던 숨을 깊게 내쉬었다.

그날 이후 엄마는 거실에 앉기만 하면 약속이라도 한 듯 퍼즐부터 찾으셨다. 그것은 단순한 소일거리가 아니었다. 아침저녁으로 퍼즐 앞에 앉은 엄마의 뒷모습은, 마치 '나는 아직 길을 잃지 않았다'고 세상에 외치는 비장한 선언 같았다.

조각난 기억들을 퍼즐 판 위에 다시 맞춰 올리며, 엄마는 당신의 부서진 우주를 스스로 수습하고 있었다. 드디어 마지막 조각이 자리를 찾고 그림이 완성되면, 엄마는 퍼즐 판 위에 새겨진 글귀를 아이처럼 천진하면서도 엄숙하게 소리 내어 읽으셨다.

"홍해를 가로막았던 홍해가 열리다, 우리의 앞길도 하나님께서 인도하신다."

엄마의 입술을 타고 흐르는 그 말씀은 방 안의 공기를 순식간에 정돈시켰다. 사실 그 말씀을 더 붙들고 싶었던 것은 엄마가 아니라 나였다. 앞이 보이지 않는 돌봄의 여정 속에서, 홍해 앞에 선 모세처럼 막막했던 내 마음을 하나님은 엄마의 목소리를 빌려 다독이고 계셨다. 이제 엄마의 손끝에서 완성되는 그림은 단순한 풍경화가 아니라, 무너지는 시간 속에서도 끝내 포기할 수 없는 '나'라는 이름의 마지막 형상이었고, 우리 모녀가 함께 건너야 할 기적의 지도였다.

어떤 조각은 맞지 않았고, 어떤 조각은 영영 사라졌으며, 어떤 조각은 거꾸로 끼워져 있었다. 엄마는 툭 튀어나온 퍼즐 조각이 도무지 제자리를 찾지 못하자 가위를 찾았다.

"가위 좀 조 봐라, 이거 좀 짜리구로."

"엄마, 퍼즐이 안 맞는다고 자르면 어떡해요? 자르면 더 안 맞는다고요."

웃음을 터뜨렸지만, 결코 웃을 일이 아니었다. 억지로 잘라 낼 수 없는 것은 퍼즐만이 아니었다. 엄마의 병도, 나의 고통도, 맞지 않는다고 해서 뚝 잘라 낼 수는 없는 법이다. 그저 방향을 바꾸고 다시 끼워 보며 맞는 자리를 찾아가는 수밖에 없다.

어쩌면 엄마를 이 틀에 맞추지 말라는 영혼의 마지막 외침이었을지도 모르겠다. 자식의 기준이라는 정교하고도 차가운 틀에 맞지 않는다고 해서, 엄마의 삶을 어긋난 조각 취급했던 나의 어리석음을 엄마는 가위라는 투박한 도구를 빌려 꾸짖고 있었다. 당신은 틀린 것이 아니라 그저 '다른 모양'일 뿐이라고, 그러니 억지로 깎아 내리려 하지 말고 있는 그대로의 나를 받아들이라는 꾸지람이었다.

이제는 엄마의 손에서 가위를 거두고, 엄마가 만들어 낸 그 삐딱하고도 고유한 조각의 자리를 인정하기로 했다. 우리가 이 생의 마지막 퍼즐을 완성해 가는 길은, 완벽한 그림을 만드는 것이 아니라 서로의 모난 구석을 있는 그대로 품어 안는 과정임을 알 것 같다.

엄마를 막고 설득하는 일은 큰 의미가 없음을 안다. 위험하지 않다면 엄마가 가고 싶은 방향으로 살아가도록 두는 것이 가장 깊은 돌봄이라고 이해하기로 했다.

엄마는 단순히 돌봄을 받는 것이 아니라, 어쩌면 당신의 삶을 마지막으로 정중히 정리하고 있는 것일지도 모른다. 그렇게 생각하니 '내가 엄마를 돌본다'는 나의 미숙한 자만은 사라지고, '우리가 함께 살아가고 있다'는 겸허한 고백이 그 자리를 채웠다.

퍼즐은 끝내 완성되지 않을지도 모른다. 그러나 그것으

로 충분하다. 누군가의 하루를 온전히 이해해 줄 단 한 사람만 있다면, 그 인생은 충분히 건너갈 가치가 있다. 서로의 모자람을 비워 둔 채로, 오늘도 우리는 서툰 손길로 퍼즐을 맞춘다.

치매 돌봄은 성인(聖人)의 길이 아니다. 끝없는 반복과 억지 속에서 사랑은 비명이 되고, 단단했던 인내는 가루처럼 부서지기 마련이다. 화가 치밀어 오르는 것은 불효자여서가 아니다. 그저 몸과 마음이 지쳤으니 잠시 쉬어 가라는 영혼의 신호다.

우리는 '병(病)'과 '사람'을 분리하는 연습을 해야 한다. 지금 나를 힘들게 하는 것은 내 곁의 엄마가 아니라 '치매라는 괴물'이다. 엄마의 본심이 나를 괴롭히는 것이 아님을 기억한다. 화의 대상을 '엄마'가 아닌 '질병'으로 바라볼 때, 날카로운 말들로부터 조금은 자유로워질 수 있다.

말문이 막히고 손이 떨릴 정도로 화가 난다면 잠시 그 자리를 피하는 '타임아웃'이 필요하다. 얼른 뒤돌아서 큰 호흡을 세 번 한다. 화장실에 들어가 찬물로 세수를 하거나, 문 밖으로 나가 찬 공기를 마시는 것만으로도 파괴적인 언어의 폭주를 막을 수 있다. 환자는 잠시 혼자 있어도 안전하지만, 무너진 보호자의 마음을 회복하는 데는 훨씬 오랜 시간이 걸리기 때문이다.

숨을 고르며 스스로에게 물어본다. "무엇이 중한디?" 엎

질러진 물을 수습해야 하는 수고로움과 엄마라는 존재 중 무엇이 더 소중한지 따져 보는 여유가 필요하다. 물론 그 이성을 되찾기까지는 시간이 걸린다. 그럴 땐 그저 덮어 두고, 일단 다른 곳으로 마음을 돌리는 지혜가 필요하다.

무엇보다 '완벽'이라는 감옥에서 걸어 나와야 한다. 자식의 부모 사랑은 늘 모자라기 마련이다. 매일 웃으며 대할 수 없음을 인정한다. 오늘 짜증을 냈다면 내일 한 번 더 웃어 주면 그만이다. 스스로를 용서하지 못하는 죄책감이 자신을 더 빨리 지치게 만든다.

마지막으로, 도움을 청하는 것은 비겁함이 아니라 용기다. 혼자서 이 모든 무게를 짊어지려 하지 말아야 한다. 가족들, 데이케어센터나 요양보호사, 혹은 마음을 나눌 수 있는 이웃에게 짐을 나누어야 한다. 보호자가 숨을 쉴 수 있어야 환자도 그 서늘한 그늘 아래서 쉴 수 있다.

어느 오후, 일본에서 온 노리코(Noriko) 손님이 정성스레 들고 온 양갱을 꺼냈다.

"엄마, 이게 '양갱'이에요. 일본 분이 선물로 들고 오신 건데, 그렇게 안 달고 참 맛있지요?"

찻잔에는 노란 국화송이가 피어나는 따뜻한 차를 담았다. 그 평화로운 모습을 사진에 담아 노리코 씨에게 메시지를 보냈다. 엄마가 선물로 주신 양갱과 국화차를 맛있게 드세요. 엄마가 정말 고맙다고 전해 달라고 한다는 말도 덧붙였다.

엄마는 양갱 한 조각을 입에 넣고 국화차를 한 모금 들이켰다. 그러더니 뜬금없이 한마디를 툭 던졌다.

"차가 억시로 맵네."

"엄마, 국화차인데 어떻게 매워요?"

내 물음에 엄마는 멋쩍은 듯 "내가 뭐라 카더노?" 하며 되물었다.

"엄마, 차가 매운 게 아니고 쓰다고 해야지요."

잠시 정적이 흐르다 우리 둘은 이내 웃음보가 터졌다. 기억의 회로가 엉켜 '쓰다'는 단어 대신 '맵다'는 단어가 튀어나왔지만, 그게 무슨 상관인가 싶었다. 나는 한술 더 떠서 엄마에게 농담을 건넸다.

"엄마, 양갱이 조금 다니까 매운 국화차를 얼른 한 모금 더 드세요."

엄마는 내 농담이 재미있었는지 아이처럼 환하게 웃었다. 엉뚱한 단어가 튀어나오고 기억이 어긋나는 순간이 예전에는 절벽처럼 느껴졌다. 이제는 그것을 징검다리 삼아 함께 웃을 수 있는 여유가 생겼다. 엄마의 '매운 국화차'는 그 어떤 명차보다 깊고 향긋하게 우리 사이의 공기를 채워주었다.

"억시로 달고 맛있대이."

엄마는 포크에 양갱 한 조각을 정성스레 찍어 내 입에 쏙 넣어 주었다. 불과 몇 초 전 이미 내 입에 양갱을 넣어 주었음에도 엄마의 손길은 멈추지 않았다. 세상은 그것을 기억의 상실이라 부르고, 병명으로는 치매의 증상이라 정의한다. 그러나 방금 한 행동을 잊어서가 아니었다. 자식의 입에 맛있는 것을 하나라도 더 넣어 주고 싶어 하던, 수십 년 전부터 내 몸에 각인된 엄마의 사랑의 본능이 다시 피어오르고 있는 것이었다.

어긋난 단어와 뒤섞인 기억조차 웃음으로 승화시킬 수 있는 이 시간이야말로, 우리가 치열한 간병의 전쟁 끝에 얻어 낸 소중한 전리품이 아닐까.

기억은 비록 안개처럼 흩어질지라도, 사랑의 습관은 영혼 깊은 곳에 남아 빛을 발한다. 엄마가 넣어 주는 달콤한 양갱을 오물거리며, 이 고난의 길 끝에 기다리고 있는 것이 결코 절망만은 아님을 확신했다.

엄마의 기억이 다 마르는 날이 오더라도, 내 입술에 닿던 그 다정한 손길만큼은 내 영혼이 기억할 것이다.

낯선 한옥에서의 첫 여름,

우리 집 이름을 불러주며 엄마의 소속감을 일깨운다.

성곽길을 나란히 걸으면 30년 전의 젊은 엄마가

골목 어귀 양장점 할머니의 미소 속에 살아 돌아온다.

혼자 짊어지면 형벌이었을 이 길을

외가 식구들과, 그리고 골목의 숨은 동지들과 나누어 걷는다.

혜화동의 느린 공기가 우리의 고단함을 가만히 안아준다.

03

낡은 나무결에 새겨진 당신의 이름

혜화동 솔루션: 혼자가 아닌, 함께하는 돌봄

결국 아무런 준비도 못 한 채 엄마를 모시고 KTX에 올랐
다. 창밖의 회색 하늘에는 비가 올 듯 말 듯한 기운이 낮게
깔려 있었다. 엄마는 바지 끝단을 양말 속으로 야무지게 구
겨 넣었다. 비가 오면 옷이 젖지 않게 하려는 그 작은 몸짓
하나에도, 엄마가 평생 지켜 온 세심함과 자존심이 서려 있

었다.

"비 오면 다 젖는대이."

가방도 당신이 직접 끌겠다며 고집을 피우시는 모습에 마음 한구석이 든든해져, 잠시 눈을 감았다. 그러나 기차가 출발하기 무섭게 엄마는 나를 흔들어 깨웠다.

"아이고 저거 봐래이. 우째 저래 멋지노. 닌 이런 것도 안 보고 잠이 다 오나?"

오랜만의 서울 나들이 때문일까. 엄마의 눈빛은 유난히 반짝였다. 그 눈가의 주름 하나하나에는 긴 세월을 버텨 온 생의 힘이 고스란히 배어 있었다. 그런데 잠시 후, 그 눈빛은 금세 초조함으로 바뀌었다.

"뭐 이래 머노? 도착할라믄 아직 멀었나? 그냥 지금 내리면 안 되는 기가?"

웃음 뒤로 시린 마음이 남았다. 가만히 앉아 기다리는 일조차, 이제 엄마에게는 감당하기 어려운 노동이 되어 버렸다.

유진하우스 한옥 마당에 도착했을 때, 여름의 열기는 여전했으나 햇살은 나뭇잎 사이로 부드럽게 흩어지고 있었다. 엄마는 툇마루에 앉아 사방을 둘러보았다. 장독, 작은 화분, 나무 창틀 하나까지 모두 낯선 것들이었다.

"저기 다 뭐꼬?"

"엄마, 옛날부터 다 있던 것들이잖아요."

엄마의 시선이 머무는 곳마다 오래된 기억과 오늘의 낯섦이 어지럽게 엇갈리고 있었다. 한때 엄마는 이 한옥에서 손님들에게 정성 가득한 밥상을 차려 내던 주인이었다. 혜화동 한옥에서 세계 사람들의 이야기를 품었던 딸의 책을 보물처럼 들고 다니며, 동네방네 자랑을 멈추지 않으셨다. 그것도 모자라 멀리 사는 지인들에게까지 소식을 전하며, 엄마의 인연들을 고스란히 나의 인연으로 이어 주었다.

하지만 이제 엄마는 그 찬란했던 기억들을 모두 잊었다. 그저 길가를 지나가는 택배차를 보고 아이처럼 반가워하실 뿐이다. 저 차에 실려 가는 것이 무엇인지도 모른 채 반기시는 뒷모습에서, 나는 한때 자식을 위해 서울로 끊임없이 정성을 실어 보내던 엄마의 따뜻한 마음을 떠올릴 뿐이다.

"엄마, 이 걸레로 툇마루 좀 닦아주세요."

내 부탁에 엄마는 굽은 허리를 숙여 마루를 문지르기 시작했다. 나무의 결을 따라 촘촘하게 움직이는 그 손놀림은 예사롭지 않았다. 그것은 단순한 청소가 아니라, 수십 년 전 외가의 적산가옥 마루를 닦던 근육의 기억을 일깨우는 의식과도 같았다.

마루를 윤이 나게 닦던 큰이모와 동생들을 보듬던 다정한 누이의 풍경이 엄마의 손끝에서 되살아났다. 엄마는 걸레질 한 번에 망각의 먼지를 털어내며 과거의 시간을 투명하게 벗거내었다. 나무 위로 뽀얀 윤기가 흐를수록, 안개처럼 흐릿하던 엄마의 눈동자에도 선명한 생기가 차올랐다.

한옥을 드나드는 외국인 손님들은 엄마에게 호기심인 동시에 거대한 혼란이었다.

"쟈 좀 봐래이. 젊은 여자가 와 옷을 훌떡 벗고 댕기노?"

여름볕 아래 짧은 옷차림의 손님들을 향한 엄마의 천진한 핀잔이 날아올 때마다, 나는 엄마를 제지하고 가로막는 엄한 감시자가 되어야 했다. 내 세계를 지키는 일이 엄마라는 존재를 억압하는 일이 되어 버린, 막다른 골목이었다.

그 골목 끝에서 기적 같은 풍경도 만났다. 독일에서 온 간호사 이로나 쾌엔(Ilona Köhn)과 손뼉을 마주치며 '헬로우'와 '할로우'가 리듬감 있게 오가는 사이, 언어의 장벽은 기분 좋은 웃음소리에 묻혀버렸다. 둘은 손을 잡고 혜화동 골목길을 함께 거닐기도 했다. 그런 정을 나눈 것을 잊지 않았는지 엄마는 마당 목련 나무 아래 앉아 있는 이방인 손님에게 마치 오래된 친구처럼 다가가곤 했다. 엄마의 손에는 늘 노란색 믹스커피 봉지가 들려 있었다. 수저가 없다는 것을 깨달은 엄마는 망설임 없이 커피 봉지를 길게 세 번 접어 휘휘 저었다.

"이거 한 번 무 봐라, 참 달고 맛나대이." 정성껏 저어 완성한 종이컵을 두 손으로 건네는 엄마의 얼굴에는 자애로움이 서려 있었다. 언어는 막혔어도 노란색 믹스커피의 온기만큼은 국경을 넘어 서로의 마음속으로 흘러들었다. 한옥에서 손님들과 어우러져 자신의 역할을 찾는 엄마를 보며 나는 "시니어 몬테소리(Senior Montessori)"의 참된 의미를 깨달았다. 엄마에게 베갯잇을 끼우는 일은 단순한 가사가 아니라 자신의 세계를 가꾸는 주체적인 행위였고, 해외에서 온 이방인과의 교감은 사회적 존재로서의 마지막 연결이었다.

세 살 때 미국으로 입양 간 데이비드(이종찬)는 뿌리를 잃어버린 채 희미한 고향의 냄새를 쫓아온 청년이었다. 치매를 앓는 엄마는 그의 사정을 모른다. 하지만 엄마는 낯선 청년의 등을 툭툭 두드리며 말했다.

"객지 나오믄 다 고생아이가. 마이 무라, 마이 무라." 투박한 칼질로 깎아준 과일 한 접시 위에는 어떤 수식어로도 형언할 수 없는 온기가 일렁였다. 작별의 시간이 다가오자, 데이빗은 더듬거리는 발음으로 진심을 꾹꾹 눌러 담아 엄마를 껴안았다.

"할무니! 넥스트 스프링(Next Spring), 마이 와이프 같이 올 거야…."

엄마는 영어 문장을 단 한 마디도 알아듣지 못했지만, 그 투박한 포옹만큼은 엄마의 가슴으로 곧장 전달되었다. "그래, 그래. 머라카는지 항개도 모리겠다만, 우야든동 건강해라이." 지워진 기억을 찾으려는 청년과, 평생의 기억을 잃어가는 엄마. 비록 가서 닿으려는 지점은 달랐을지라도, 두 사람은 그렇게 서로의 곁에서 각자가 돌아갈 마지막 보금자리인 '마음의 집'을 지어가고 있었다.

유진하우스의 아침은 낮은 담벼락을 타고 흐르는 바이올린 선율로 시작된다. 매년 5월이면 소공지하쇼핑센터의 은하갤러리(아트인동산)에서 전시를 여는 화가, 카가와(Kagawa) 작가님은 이곳의 오랜 손님이다. 한국과 일본을 오가며 그림을 그리는 작가님은 붓만큼이나 바이올린 활을 켜는 순간을 사랑하는 분이다. 나는 그가 도착하기 전, 그의 손길을 기다릴 바이올린을 미리 챙겨 두며 유진하우스의 아침을 준비하곤 한다.

작가님이 조율을 시작하면 소란하던 아침 공기는 일순 숨을 죽인다. 얼마 전 코로나 때 어머니를 여읜 작가님의 눈길은 우리 엄마에게 머문다. 그 시선 끝에는 국경을 넘어선 다정함이 깃든다. '아리랑'과 '나 같은 죄인 살리신' 같은 익숙한 곡조가 마당 가득 울려 퍼질 때, 엄마의 손에는 뜨개바늘이 들려 있다.

조금 전까지 우산을 찾으며 불안하게 허공을 헤매던 엄마의 손마디가 선율의 박자에 맞춰 리드미컬하게 움직이기 시작한다. 기억의 미로 속에 갇혀 있던 노모의 눈동자에는 어느덧 우아한 관객의 빛이 서린다. 음악이라는 유연한 힘이 엄마의 굳어 버린 시간을 녹여 내고, 그 찰나의 평온함이 유진하우스의 마당을 따스하게 채운다.

유진하우스에는 이스라엘에서 온 나베(Nave)도 있었다.

한국말이 유창할 뿐만 아니라 가야금까지 연주할 줄 아는 진정한 한국 마니아였다. 나베는 엄마와 함께 시간을 자주 보내 주었는데, 자신의 할머니도 아흔을 넘겼다며 엄마를 살뜰히 챙겼다.

어느 날, 나베는 이스라엘의 돌봄 문화를 들려주었다.

"이스라엘에서는 마음은 가족이 보살피고, 몸은 전문가 도움을 받아요."

그 짧은 문장이 내 가슴에 깊이 박혔다. 가족이라는 이유로 마음과 몸의 돌봄을 모두 홀로 짊어지려 애쓰던 나에게, 나베의 말은 명쾌한 해답과도 같았다. 사랑하는 마음은 오롯이 가족의 몫으로 남겨 두되, 고단한 노동의 영역은 사회와 전문가의 손을 빌려도 된다는—그 당연한 사실이 커다란 위로로 다가왔다.

돌이켜 보면 내가 그토록 힘들었던 까닭은 돌봄의 기술이 서툴러, 오직 날것의 몸으로 모든 부딪침을 감당하려 했기 때문이었다. 나는 내가 왜 그토록 지쳐 있었는지를 알게 되었다.

비록 당장 노동의 무게를 덜어 내지는 못했을지라도, 흐르는 시간 속에서 엄마와 나는 서서히 서로의 리듬에 적응해 가고 있다. 겨우 엄마를 대하는 나만의 요령이 생겼고, 거칠어진 마음결에도 여백이 조금씩 생겨났다. 그 여백이야말로 사랑을 지치지 않고 지속하게 하는 힘임을 나는 이제 안다.

나는 이제 사랑을 지키기 위해 엄마와 나 사이의 건강한 거리를 되찾아 가고 있다. 그 거리는 서로를 밀어내는 소외의 간격이 아니라, 서로를 더 온전하게 바라보고 보듬기 위해 필요한 최소한의 숨구멍이다.

그러나 그 평화는 그리 오래가지 않았다. 어느 날, 손님의 물건이 엄마의 가방 안에서 발견되었다. 당신이 평생 지켜 온 결백함과는 도저히 어울리지 않는 그 돌발 행동 앞에, 나는 거대한 당혹감에 휩싸였다.

그것은 단순한 실수가 아니었다. 엄마의 인지 체계가 조금씩 무너져 내리고 있다는, 외면하고 싶었던 진실이 차가운 현실이 되어 내 눈앞에 쏟아진 순간이었다. 손님에게 머리를 숙여 사과를 전하면서도, 내 마음 한구석에서는 다시금 서슬 퍼런 감정들이 고개를 들기 시작했다. 겨우 찾아낸 마음의 여백이 엄마의 이해할 수 없는 행동들로 다시 빡빡하게 채워지고 있었다.

"엄마, 남의 물건을 가져오면 어떡해요. 독일 손님 거잖아요."

내가 화가 나서 소리치자 엄마는 더 큰 소리로, 삿대질까지 했다.

"누가 그카더노? 내를 도둑년이라 카더나? 딸년도 똑같이 내를 그라고 있네!"

예전에는 엄마를 떠올리기만 해도 마음이 먼저 뜨거워졌는데, 어느 순간부터는 피로가 앞서기 시작했다. 상식과 통제로 엄마를 보살피면 서로 편해질 거라 믿었던 나의 오만이 무참히 깨지는 순간이었다. 흔들림 없는 엄마의 목소리 앞에서 나는 무너졌다.

지난 17년, 유진하우스를 거쳐 간 수많은 이들은 나를 코리안 맘(Korean Mom)이라 불렀다. 돌아가신 아버지와 같은 병을 앓는 파킨슨 환자가 오면 나는 더 마음을 쏟았다. 식도암으로 고생하며 미음 한 모금조차 넘기지 못하던 손님을 위해 죽을 믹서에 곱게 갈아 대접하던 날들. 아버지께 다하지 못한 효도를 다른 사람에게라도 대신하겠다며 쏟아 부은 그 온정은, 사실 엄마로부터 몸에 배도록 배운 삶의 습관이었다.

아버지는 내가 '유교적인 기독교인'이라 말할 만큼 강직하고 신앙의 뿌리가 깊은 분이셨고, 엄마는 끝없는 헌신으로 주변을 보듬는 분이셨다. 나는 그 엄격함과 자애로움 사이에서 아슬아슬하게 외줄을 타며 자라왔다.

엄마의 온정이 가장 뜨겁게 타올랐던 것은 어느 날 우리 집 문을 두드린 생후 5일 된 아기 때문이었다. 여고생들의 손에 이끌려 찾아온 작은 생명을 보았을 때, 나는 입양까지 결심했었다. 나뿐만 아니라 유진이와 우리 가족은 물론, 우리 집에 온 손님들까지 모두가 그 아이에게 송두리째 마음을 빼앗겼다. 비록 법적인 한계와 현실적인 장벽에 부딪혀 곁에 둘 수는 없었지만, 때로는 멀리서, 때로는 가까이서 지켜보며 8년이라는 시간을 돌보았다.

그 아이를 향해 쏟았던 지독한 마음마저도 결국 엄마의 모성애를 흉내 낸 것에 불과했던 것일까. 아니면 엄마가 내게 물려준 가장 따뜻한 유산이 내 안에서 스스로 살아 움직였던 것일까. 내가 행한 모든 다정함의 끝에는 늘 엄마가 서 계셨고, 나는 그 뒷모습을 닮아 가며 나만의 사랑을 써 내려가고 있었는지도 모른다.

아이를 직접 품을 수 없는 처지가 된 지금도, 내 목덜미를 붙잡고 살려 달라 외치던 그 핏덩이의 간절함을 나는 결코 잊지 못한다. 그 외침이 환청처럼 들려올 때면, 나는 언제라도 그곳을 향해 다시 달려갈 준비가 되어 있다. 내게 남겨진 이 온정은 이제 습관을 넘어, 내가 세상을 살아 내고 사랑해야 할 유일한 이유가 되었다.

오늘 엄마의 목소리 끝에서, 나는 눈물겹게 마주한다. 내가 쌓아 온 17년의 세월은 엄마라는 거대한 뿌리에서 뻗어 나온 여린 가지였다. 나의 친절은 결코 나만의 것이 아니었으며, 그 모든 온정의 뿌리는 결국 나의 엄마였다. 그런데 정작 그 사랑의 원천이었던 엄마가 병들자, 나는 엄마를 '환자'라는 낙인 속에 가두어 버렸다. 엄마를 있는 그대로 보듬기보다, 나의 조급한 리듬에 맞추려 채찍질하기 바빴다. 타인에게 베풀었던 관대함은 간데없고, 정작 엄마 앞에서는 서슬 퍼런 잣대만 들이댔다. 나는 엄마의 사랑을 실천해 온 것이 아니라, 그저 흉내 내고 있었을 뿐이었다.

처음에는 이 고즈넉한 한옥에서 세계 각국 사람들과 어울리다 보면, 엄마의 생활에도 새로운 활기가 생기지 않을까 기대했다. 그러나 그것은 엄마의 정신이 맑게 깨어 있었을 때만 유효했던 나의 오만한 계산이었다. 이제 유진하우스는 엄마의 따스한 손길이 닿던 기억의 장소가 아니었다. 파편화되어 흩어지는 엄마의 기억을 내가 억지로 붙잡아 둘 수 있는 안식처 또한 되지 못했다.

지금 엄마에게 절실한 것은 오직 당신만을 위한 고요한 안식이었다. 외부를 향해 흩뿌려지던 나의 에너지를 이제는 가장 가깝고도 무거운 존재인 엄마에게로 온전히 모아야 했다. 평생을 당신만의 꼿꼿한 방식으로 자신을 지켜 온 엄마에게, 모든 것을 통제하려는 딸의 손길은 얼마나 버거운 억압이었을까. 치매라는 그림자가 드리운 뒤의 엄마는 내가 알던 예전의 그 존재가 아니었다. 나는 그 낯선 존재를 인정하기보다, 나의 조급한 리듬에 엄마를 맞추려 끊임없이 다그치고 있었다.

바이올린 활이 멈추고 뜨개바늘마저 멈춘 자리에도, 엄마의 눈동자에는 우아한 빛이 남아 있었다. 엄마를 억지로 내 틀에 맞추어 꺾으려 하지 않아도, 사랑은 이토록 유연한

선율을 타고 서로에게 가 닿는다는 것을 안다. 유진하우스
의 마당에 내리는 햇살처럼, 우리는 각자의 악보를 든 채 그
렇게 아름다운 하모니를 이루며 남은 생을 건너갈 것이다.

　엄마와 함께 살아가는 하루의 속도는 나의 것이 아니라,
오직 엄마의 리듬이어야 한다는 것을 깨달았다. 그 느리고
엉뚱하며 때로는 갈피를 잡을 수 없는 박자에 나의 발걸음
을 맞출 때, 한옥의 여름 햇살도 우리를 향해 다정하게 내려
앉는다는 사실을 말이다.

유진하우스, 우리 집 이름을 기억해요:
엄마에게 소속감을 주는 법

유진이가 묻는다.

"할머니, 우리가 살고 있는 이곳 이름이 뭐예요?"

"울산 신정동……."

"아니에요, 여기는 서울이에요. 서울로 이사 오셨잖아
요."

같은 질문과 대답이 하루에도 수십 번씩 파도처럼 밀려왔다가 밀려갔다.

"여기는 혜화동이에요. 유·진·하·우·스. 한 번 따라 해 보세요."

"혜화동…… 그라고…….”

"내 이름이 유진이니까, 우리 집 이름은 유진하우스예요. 길을 잃으면 꼭 이렇게 말해야 해요."

엄마는 맑은 눈으로 나를 보며 "오냐오냐, 유진하우스" 하고 대답했다. 하지만 그 맑은 눈은 안타깝게도 방향을 알지 못했다. 그 다섯 음절이 엄마의 마음에 새겨지기를 기도했다. 어디를 가서 헤매더라도 끝내 집으로 돌아올 수 있는 유일한 등불이 되기를 바랐다. 엄마는 속절없이 잊어 갔고, 우리는 그 망각의 속도를 늦추려 애쓰며 새 기억을 채워 넣느라 분주한 하루를 보냈다.

엄마가 매일 산책을 하면서 걷는 기운은 이전보다 훨씬 나아졌다. 울산 아파트에 살 때는 방 안에서도 지팡이를 짚고 다닐 정도였다. 서울에 오면서부터는 매일 걸었다. 하지만 좋아진 엄마의 다리 힘은 야속하게도 나를 벼랑 끝으로 내몰았다. 딸의 안심보다 불안이 언제나 상상보다 먼저 달려 나갔고, 나는 매일 밤 기도와 공포 사이를 위태롭게 오갔다.

결국 우려했던 일이 터지고 말았다. 한성대입구역 횡단보도에서 엄마가 넘어졌다는 소식이 들려왔다. 다행히 고

대 안암지구대 경찰관들이 엄마를 무사히 집으로 모셔다주었다. 바쁜 경찰관들에게 수고와 걱정을 끼쳐 드린 것이 죄송해, 나는 엄마에게 조심스레 미안함을 내비쳤다.

"엄마, 경찰관들이 얼마나 바쁜데 이렇게까지 수고를 끼쳐 드리면 어떡해요."

하지만 돌아온 엄마의 반응은 뜻밖이었다. 엄마는 경찰들이 그저 자기 할 일을 한 것뿐이라며 더없이 당당한 태도를 보였다. 평소의 엄마라면 결코 있을 수 없는 일이었다. 남에게 작은 피해라도 줄까 봐 늘 노심초사하고 미안해하던 분이 아니었던가.

당당한 엄마의 낯선 목소리 앞에서 나는 직감했다. 이것은 단 한 번의 우연한 사고가 아니라는 것을. 우리 앞에 예전과는 전혀 다른, 거칠고 낯선 새 일상이 시작되었음을 말이다.

지난 17년 동안 나는 한옥 게스트하우스라는 열린 공간에서 타인을 향해 기꺼이 온기를 나누며 살아왔다. 누구에게든 마음의 빗장을 열어 두는 것이 미덕이라 믿어 온 세월이었다. 그러나 시대의 리듬은 변했다. 이제는 상대가 도움을 청할 때에만 손을 내밀 줄도 알아야 한다는 딸의 일침이, 어느덧 내 가슴에 깊이 닿았다.

타인에게 한없이 마음을 내어 주는 일에만 익숙했던 내게, 적당한 거리를 유지하며 마음을 거두어들이는 일은 '비위 냄'을 배우는 낯선 공부와도 같았다. 외부를 향해 흩뿌려지던 그 지극한 정성들을 이제는 가장 가깝고도 무거운 존재인 엄마에게로, 그리고 나 자신에게로 온전히 모아야 할 때임을 무겁게 되새긴다.

이제 나는 그 '넘침'의 근육을 조금씩 덜어 내어, 엄마를 향해 에너지를 쓰기로 했다. 남들에게 쏟았던 관심을 엄마에게 쏟는 일이라 그리 어렵지 않을 줄 알았다. 나도 엄마에게만은 바다처럼 다 품어 낼 수 있을 줄 알았다. 하지만 현실은 달랐다. 세상 모두를 다정하게 품던 나였건만, 치매를 앓는 엄마 앞에서는 바늘 하나 들어갈 틈도 없이 마음의 문이 닫혀 가고 있었다. 쏟아지는 질문과 낯선 배회 속에서 내 사랑은 날카로운 가시가 되어 돌아났다. 엄마를 위한 빌라를 얻은 것은, 어쩌면 바늘구멍만큼 작아진 내 마음을 지키기 위한 필사의 선택이기도 했다.

더 이상 게스트하우스라는 열린 공간에 엄마를 둘 수 없다는 확신이 든 것도 바로 이때였다. 타인을 향한 환대보다, 엄마를 향한 안전한 울타리가 먼저였다. 엄마에게는 당신만의 '소속감'이 절실했다. 유진하우스에서 100미터쯤 떨어진 작은 빌라로 이사를 했다. 물론 그 빈자리에는 엄마를 돌보는 일이라는, 더 무거운 책임이 들어앉았다. 주변에서는 게스트하우스 운영과 치매 간병을 병행하는 것이 무리라고 입을 모았고, 나 역시 숨이 턱 끝까지 차오르는 순간들을 마주하곤 한다.

경제적 부담과 두 집 살림이라는 현실이 앞을 가렸지만, 기꺼이 그 정면을 마주하기로 했다. 지금 머무는 이 낯선 빌라는 영영 떠나온 곳이 아니라, 잠시 폭풍을 피해 머무는 대피소일 뿐이다. 물론 현실적인 제약은 발목을 잡았다. 만만치 않은 경제적 부담 탓에 생각보다 더 빨리 돌아가야 할지도 모르겠지만, 지금 이 순간만큼은 오직 엄마만을 생각하기로 했다. 그것이 내가 할 수 있는 최선의 뒷걸음질이자, 엄마의 남은 시간을 지켜 드리는 방식이었다.

타인의 시선에 묶여 있던 긴장의 굴레에서 벗어나, 엄마가 주인으로 숨 쉴 수 있는 대피소를 마련한 것이다. 빌라의 계단을 오르며 엄마는 옛 울산 신정동 시절의 셋방을 떠올리셨다.

"이 기호 선생 집에 뭐 하러 가서 자노?"

나는 대답했다.

"엄마, 여기는 누가 뭐래도 엄마가 주인인, 엄마 집이에요."

집 앞에서 실랑이를 벌이다 차가운 길바닥 위로 함께 넘어졌던 날, 우리를 일으켜 세워 준 낯선 이가 말했다.

"저도 우리 엄마를 잘 못 돌보고 있어요."

그 동병상련의 고백은 나를 자책의 늪에서 건져 올린 구원의 밧줄이었다.

돌봄의 자리에서 다시 '딸'이 된다는 것은, 엄마의 부서진 기억의 결을 하나하나 맞추는 일이었다. 시부모님을 모시는 시누이들의 노고를 보며, 나는 딸만이 할 수 있는 섬세한 감정 읽기가 이 길에서 얼마나 중요한 생명줄이자 매듭이 되는지를 배운다. 누군가는 결국 이 자리를 지켜야 한다면, 기꺼이 내가 감당하겠노라 다짐했다.

요즘 친구들과 모이면 열에 아홉은 엄마 이야기를 한다. 한 지붕 아래 살 수 없는 막막함과 다가올 우리 자신의 노년에 대한 불안까지. 그럴 때면 친구 조애숙이 들려준 엄마의 옛 유머가 가물거리는 기억의 창을 환하게 닦아 준다. 잘못 걸려 온 전화에 "여보세요? 거 중국집인교?" 묻는 소리에 "요는 한국집입니데이"라 응수하고, "울산 다방인교? 박양 있어예?" 하는 물음엔 "박양은 없고, 김양하고 조양만 있심더"라고 답하셨다던 그 재치. 우리는 잠시 웃음을 터뜨리지만, 그 웃음 뒤엔 어김없이 깊은 한숨이 따라붙는다. 파킨슨이 나을까, 아니면 치매가 나을까. 서로의 어머니가 앓는 병을 두고 어느 쪽이 더 낫다며 부러워할 수도 없는 노릇이다. 그 한숨은 서로를 향한 가느다란 위로이자, 피할 수 없는 생의 무게를 나누어 짊어지는 우리들만의 방식이었다.

엄마는 성경책을 펼쳤다. 평생 입술에 익었던 거룩한 말씀만은 엄마의 영혼을 단단히 붙들고 있었다. 휴대폰 속 [혜화동 한옥에서 치매 엄마랑 살아요] 인스타그램에 올린 자

신의 영상을 보며 "아이구, 이 늙은 할매는 누기고……"라며
쑥스러워하시던 엄마의 미소 너머로, 세월이 앗아가지 못한
소녀의 생기가 보였다.

예배드리기를 유독 좋아하던 엄마를 위해, 나는 수요예
배와 금요기도회, 주일예배까지 거의 모든 예배 시간으로
엄마의 저녁을 촘촘히 수놓았다. 간혹 설교가 길어진다 싶
으면 엄마는 살짝 웃으며 "설교가 너~무 길다!" 하고 큰소리
로 말해 나를 당황시키곤 했다. 깜짝 놀라 엄마의 입을 급하
게 막느라 진땀을 빼는 건 내 몫이었지만, 예배를 향한 엄마
의 마음만은 언제나 진심이었기에 그 시간을 조금이라도 더
오래 지켜 드리고 싶은 것이 나의 작은 소망이었다.

엄마에게는 예배 시간보다 한참 일찍 도착해 맨 앞자리
를 차지하는 일이, 예배를 드리는 행위 그 자체만큼이나 중
요했다. 그렇게 정성을 다해 일찍 자리를 잡고 앉아 있던 시
간은, 나에게 온전한 쉼이 되어 주었다. 긴장이 풀린 채 예
배당 의자 끝에 기대어 꾸벅꾸벅 졸고 있는 나를 발견할 때
면, 엄마는 아이 같은 미소를 지으며 내 옆구리를 쿡쿡 찌르
곤 했다.

목사님을 향한 거침없는 지적은 평소의 엄마라면 상상
조차 할 수 없는 일이었다. 예배 시간에 조는 행위조차 스스
로 결코 용납하지 않던 엄격한 분이셨다.

비록 기억의 갈피는 흩어지고 돌발적인 말들로 나를 진

땀 나게 하지만, 예배당의 고요 속에서 졸고 있는 나를 톡톡 깨우던 그 따스한 손가락 끝에는 자식을 향한 다정한 장난기가 머물러 있었다. 그러고는 앞자리의 누군가를 가리키며, 저기 있는 사람은 꼭 막내 영문이 같다며 다시금 예배당에 쩌렁쩌렁한 목소리를 보태시는 것이었다.

그 당혹스러운 순간들 사이로, 나는 엄마가 잃어버린 것은 '예절'이 아니라 자신을 억눌러 온 검열이었음을 새롭게 발견한다. 엄마는 변해 버린 자신의 세계 속에서도, 나를 일깨우고 보살피는 엄마로서의 자리를 지켜 내고 있었다.

폭풍우 치는 전쟁터 같은 일상을 게임처럼 버텨내며 엄마의 손을 마주 잡는다. 과거도 미래도 잊은 채 오직 '오늘'만을 사는 엄마를 보며, 나 역시 지금 이 순간 속에 머무는 법을 익힌다. 내게 '집'이란 단순히 머무는 공간이 아니라, 매일 엄마와 함께 다시 세워가는 사랑의 요새였다.

함께 걷는 마음:
혜화동 성곽길에서 만난 30년 전의 엄마

　엄마의 손을 잡고 집에서 아주 가까운 성곽길을 오르기 시작했다. 엄마의 뇌 건강을 돕고 걸음도 더 단단하게 만들기 위해서였다. 하지만 실은 요동치는 내 마음을 달래기 위해서였다. 하루에 한 걸음씩, 우리는 그렇게 느린 산책을 시작했다.

　우리 모녀가 매일 나서는 이 길은 사실 특별한 의미가 깃든 곳이다. 우리가 살고 있는 집은 '서울미래유산'으로 지정

된 고(故) 김태길 교수님의 가옥이다. 한국 철학의 거목이었던 교수님이 생전 매일같이 거닐며 사색에 잠기셨던 그 길을, 이제는 나와 엄마가 걷고 있다.

철학자의 발자취가 남은 흙길 위에서, 문득 교수님이 평생을 두고 천착하셨던 그 묵직한 물음이 내 안에서 저절로 터져 나왔다. "삶이란 무엇인가."

엄마는 '오르막'이라는 말만 들어도 미리 겁을 먹고 몸을 움츠렸다. 평생 넘어야 했던 삶의 고개들이 얼마나 가팔랐기에, 이제는 작은 언덕조차 두려움으로 다가오는 것일까. 그런데 막상 발을 떼기 시작하면 엄마는 언제 그랬냐는 듯 말없이 묵묵히 걸었다. 그 뒷모습에서 나는 생의 무게를 견뎌 온 한 여인의 단단한 저력을 보았다.

"엄마, 이 성벽은 조선 시대에 한양을 지키려고 쌓은 거예요. 육백 년도 더 된 돌도 있어요."

성벽 앞에 멈춰 선 엄마는 잃어버린 고향의 친척이라도 만난 듯 한참을 들여다보셨다. 혜화동으로 모신 뒤 우리는 매일 도성 안팎을 구경하는 여행자가 되었다. 엄마는 손보다 눈을 먼저 보내 돌의 질감을 살피더니, 이내 아이 머리를 쓰다듬듯 거친 손으로 차가운 돌을 살며시 만졌다.

"아이구, 돌이 꺼무시름한 것도 있고, 색깔이 지 멋대로네."

무심코 던진 엄마의 그 한마디가 내 가슴에 와 닿았다. 제각기 다른 빛깔과 모양을 가진 돌들이 서로 어깨를 맞대고 육백 년을 버텨 온 시간을 나는 지금 보고 있었다. 그 고독한 세월을 엄마는 당신의 고단했던 생애로 단번에 알아보는 걸까. 성벽은 도성을 지키기 위해 그 자리에 서 있고, 나는 이제 엄마를 지키기 위해 이 곁에 서 있다.

엄마는 성벽 틈새로 고개를 숙여 발아래를 내려다보았다. 그 너머로 보이는 성북동 마을의 옹기종기한 지붕들이, 어쩌면 엄마가 젊은 날 살았던 옛 동네와 닮아 보였는지도 모른다. 왕을 지키고 서울을 지키기 위해 쌓았다는 성곽길을 따라 걷다 보니, 어느새 우리의 대화는 엄마가 지금의 내 나이였던 서른 해 전으로 흘러갔다.

"내가 그때만 해도 신애, 은애(조카들) 데리고 오만 데를 다 안 댕겼나. 인자는 다 파이다(글렀다)."

엄마는 손을 저으며 웃었다. 그 웃음 끝에는 지나온 세월에 대한 자부심과, 이제는 낡아 버린 육신에 대한 쓸쓸함이 묘하게 섞여 있었다. 엄마에게 삶이란 언제나 누군가를 책임지는 일이었다. 자식뿐 아니라 손주들까지도 당신이 기꺼이 짊어져야 할 운명의 몫으로 여기며 살아왔다.

내가 일본에 머물던 시절, 엄마는 조카들의 손을 잡고 보따리에 정성을 가득 눌러 담아 그 먼 길을 왔었다. 그 보따리 안에는 단순한 음식이 아니라 나를 향한 끊이지 않는 염려와 기도가 담겨 있었으리라.

마흔에 낳은 유진이도 내 손에 온전히 맡기지 않았다. 울산에서 유진이를 데리고 산후 일흔 날을 채워 중국으로 돌아가던 날, 엄마는 손녀를 품에 안고 비행기에 올랐다.

"우리 유진이가 하도 이뻐가꼬, 누가 빼끄러(빼앗아) 갈까 봐서 을매나 겁이 났는지 모린데이."

그날 엄마는 눈과 손을 잠시도 떼지 못했다고 했다. 마치 비행기 한 대를 통째로 전세 낸 사람처럼 유진이 물건을 가득 챙겼다. 그 뒷모습에는 어떤 두려움도, 어떤 거침도 없었다. 일본어도 중국어도 못했던 엄마가 그 무거운 짐들을 이끌고 어떻게 공항을 통과했을까. 이제야 늦은 걱정이 밀려온다. 하지만 엄마는 중국 시장에서도 앞사람의 몸짓을 눈여겨보며 기어이 필요한 것들을 사 오곤 하셨다. 자식을 위한 마음이 엄마에게는 가장 강력한 언어였던 셈이다.

엄마는 예쁜 물건을 보면 입버릇처럼 말했다.

"아이고, 요거 우리 유진이 맹키로 이쁘네."

그것은 단순한 감탄이 아니었다. 엄마에게 세상의 아름다움은 오직 '유진'이라는 존재를 얼마나 닮았는가에 따라 가치가 결정되는 것이었다. 유진이는 엄마가 세상을 바라보는 단 하나의 기준이자 전부였다.

세상을 다 품을 듯 넉넉했던 엄마의 두 팔이, 이제는 겨우 낡은 지팡이 하나에 의지해 닫힌 문 앞에서 떨고 있다. 한때는 비행기를 전세라도 낸 듯 기세등등하게 구름 위를 날던 그 강인한 여인은 어디로 갔을까.

그럼에도 시편을 낭독하는 엄마의 쉰 목소리 너머로, 보따리를 이고 지며 국경을 넘나들던 젊고 씩씩한 엄마의 실루

엣이 언뜻 비칠 때면 나는 말할 수 없는 감사함을 느낀다. 세월은 엄마의 기억을 빼앗아 갔을지 몰라도, 고난을 이겨 내며 쌓아 온 영혼의 강인함까지는 다 가져가지 못한 모양이다.

성곽 아래로 길게 늘어진 엄마의 그림자를 밟으며 뒤따라 걷는다. 어쩌면 저 그림자는 육백 년 된 성벽의 돌들보다 더 깊고 많은 시간을 품고 있는지도 모른다는 생각이 들었다.

기억은 안개처럼 사라져도 사랑의 감각만은 영혼의 결에 깊이 새겨진다는 것을, 이 성곽길 위에서 다시 배운다. 엄마는 매일 길을 잃는 진짜 여행을 하고 있지만, 그 길 끝에는 언제나 내 손이 기다리고 있을 것이다. 성벽의 돌들이 서로 어깨를 맞대고 긴 세월을 버텨 왔듯, 우리도 서로의 연약함에 기대어 혜화동의 계절을 한 층씩 쌓아 간다.

여름이 오고 더위가 기승을 부리자 우리의 성곽 산책은 잠시 멈췄다. 성곽 아래 쉼터의 운동기구로 대신하려고 했다. 그런데 엄마는 운동기구를 쳐다보기만 했다.

"인자 내는 몬 한대이. 니나 건강하구로 마이 해라, 마이."

그러고는 벤치에 앉아 구경만 하려 했다. 그러다 기구를 붙잡고 조금씩 팔다리를 움직였다. 손사래를 치면서도 남들을 따라 손뼉을 맞추고 다리를 드는 그 모습이, 내게는 더없이 고마웠다.

치매를 돌보는 일은 익숙해질 만하면 다시 낯설어지는 파도와 같았다. 파란 버스만 지나가면 집으로 가야 한다며 달려가는 엄마를 보며 내 가슴은 매번 무너져 내렸다. 파란

버스는 엄마에게 아직도 '집으로 가는 길'이었지만, 안타깝게도 이제 엄마가 기억하는 그 집은 세상 어디에도 없었다. 이제는 내가 엄마의 집이 되어 주기로 했다.

우리는 걷는다. 아침에도, 저녁에도, 주말에도.

"엄마, 허리 좀 펴세요."

"그기 내 맴대로 되나."

"마음이 먼저 펴져야 허리도 펴지는 거예요."

걸음이 나아진다고 마음의 짐까지 가벼워지는 것은 아니었다. 그래도 우리는 실수하고, 잊고, 다시 웃으며 오늘을 건너간다. 엄마의 속도에 맞춰 걷는 법, 그것은 인내가 아니라 사랑을 오래 유지하는 기술이었다. 단거리 달리기가 아니라 끝이 보이지 않는 길을 기꺼이 함께 걷는 동행의 마음이었다.

오늘도 우리는 성곽길을 오른다. 엄마의 기억은 성벽 틈새로 조금씩 새어 나가지만, 그 빈자리를 채우는 것은 서글픈 망각이 아니라 우리가 함께 걷는 이 길의 온기라고 믿는다.

비행기를 전세 낸 듯 당당했던 엄마의 젊은 날은 이제 내 기억 속에 박제되어 있지만, 지팡이에 의지해 내 손을 꼭 쥔 지금의 엄마 역시 내게는 여전히 넘어야 할 귀한 성곽길이다. 굽이진 길 끝에서 엄마가 다시 묻는다.

"야야, 인제 다 왔나?"

나는 웃으며 대답한다.

"아뇨, 엄마. 이제 시작이에요. 우리 한 걸음만 더 가요."

손끝으로 전해지는 사랑:
외가 식구들과 '공동 간병'

엄마를 서울로 모셔 온 뒤, 주변 사람들이 기다렸다는 듯 엄마를 만나러 왔다. 나는 그들에게 딱히 해 준 것도 없는데, 사람들은 저마다의 방식으로 엄마를 향한 정성을 보태 주었다.

외가 식구들이 약속이라도 한 듯 차례로 찾아왔다. 형제

자매부터 조카들까지, 그들은 백마디 말보다 묵직한 손길을 먼저 내밀었다. 외숙모들은 사골곰탕을 끓여 날랐고, 구순의 큰이모는 반찬마다 간절한 마음을 꾹꾹 눌러 담은 부추김치를 보내 주셨다.

"오늘 엄마는 좀 어떤노? 내는 니만 믿는대이."

수화기 너머 큰이모의 목소리는 위로인 동시에 미안함이었고, 스스로를 달래는 가냘픈 주문 같기도 했다. 어느 날, 엄마가 식욕을 잃고 관자놀이를 짚은 채 앉아 있을 때 큰이모가 보내 준 부추김치를 갓 지은 밥 위에 얹어 드렸다. 나는 일부러 엄살 섞인 목소리를 냈다.

"엄마, 큰이모 솜씨 좀 봐요. 정말 맛있겠죠? 엄마가 한 입 드셔야 저도 따라 먹죠."

엄마는 못 이기는 척 천천히 숟가락을 쥐었다. 엄마를 챙기려고 차린 밥상이었지만, 덕분에 나 또한 아침을 거르지 않게 되었다.

그날 식탁 위에는 권신 도예가가 정성껏 빚어 낸 수제 그릇들이 놓여 있었다. 엄마는 그릇의 매끄러우면서도 투박한 감촉을 손끝으로 가만히 더듬었다. 그러고는 아이 같은 눈으로 부러움을 가득 담아 말했다.

"니는 우째 이리 예쁜 그릇이 많노. 참말로 좋겠다… 내는 이런 그릇도 한 번 못 써 봤데이."

평생 당신을 위해 마음에 드는 그릇 하나 욕심내지 못하

고 사셨을 엄마의 투박한 고백이 가슴 한구석을 아리게 파고
들었다. 나는 엄마의 주름진 손 위에 내 손을 겹치며 웃었다.

"엄마, 여기는 엄마 집이잖아요. 여기 있는 거 다 엄마 거
예요. 그러니까 부러워하지 마요."

그 말에 엄마의 얼굴에는 수줍은 평온이 깃들었다. 치매
라는 블랙홀은 엄마에게서 평생 일궈 온 집과 세간살이, 심
지어 당신의 이름까지 앗아 갔지만, 나는 엄마가 머무는 이
공간만큼은 당신의 영토로 남겨 두고 싶었다. 비록 엄마는
돌아서면 다시 이 그릇들이 누구의 것인지 잊어버리겠지만,
상관없었다. 이 그릇에 담긴 밥알 하나하나가 엄마의 생명
을 지탱하듯, '다 엄마 것'이라는 나의 환대가 무너진 자존감
을 받쳐 주는 단단한 그릇이 되어 줄 테니까. 우리는 그렇게
예쁜 그릇에 담긴 서로의 진심을 나누며 또 한 번의 아침을
함께 살아 내고 있었다.

종복 외삼촌은 엄마의 부쩍 굽은 등과 서툰 걸음걸이를
한참이나 안쓰럽게 바라보더니, 보행보조기를 당장 사 주
겠다며 재촉했다. 또 하루는 전화로 안부를 물으면서 엄마
에게 지금 가장 갖고 싶은 게 무엇인지 물었다. 사실 기억의
저편으로 떠나 버린 엄마에게 이제 돈이란 아무 쓸모 없는
종잇조각에 불과했다. 그런데도 엄마는 망설임 없이 대답
했다.

"돈이 젤로 아쉽지."

외삼촌은 돈다발을 엄마 손에 꼭 쥐여 주었다. 엄마는 돈을 받으면서도 동생의 형편을 먼저 걱정하며 손사래를 쳤다. 평생 가난과 싸워 온 한 여인의 뼈아픈 기억이 앙금처럼 남았을 뿐, 이제 엄마에게 돈은 화폐가 아니라 '연결'이었다. 빛바랜 지폐들은 엄마가 아직도 누군가에게 소중한 누이임을 증명하는 가슴 아픈 흔적이 되어, 내 책상 위에 고요히 쌓여 갔다.

아홉 형제자매가 한자리에 모인 2박 3일은 마치 마지막 축제처럼 시끌벅적했다. 남녀로 편을 갈라 단어 맞히기 게임을 하던 중, 누구도 예상치 못한 일이 일어났다. '가'로 시작하는 단어를 찾지 못해 다들 머뭇거릴 때, 엄마가 불쑥 입을 열었다.

"가마니, 가자, 가지, 가족⋯."

엄마의 입에서 줄줄이 흘러나오는 단어들은 오래된 기억의 창고가 순간적으로 활짝 열린 듯 빛을 발했다. 엄마가 내뱉은 '가족'이라는 단어는 단순한 낱말이 아니었다. 그것은 당신의 기억이 부서져 가는 와중에도 끝까지 붙들고 있던, 생의 마지막 보루 같은 말이었다. 그 짧은 순간, 아무도 엄마를 환자로 보지 않았다. 그곳에는 명랑하고 똑똑하던 '김 씨 집안의 둘째 딸'이 환하게 웃고 있었다. 대가족이라는 거친 바다에서 부대끼며 익힌 삶의 지혜와 넉넉한 유머가 엄마의 영혼 깊숙한 곳에 살아 있음을 목격한 순간이었다.

엄마에게 대가족은 곧 경쟁력이자 생존의 힘이었다. 흔히 사랑은 나눌수록 커진다고 말하지만, 치매라는 가혹한 현실 앞에서 그 말은 얼마나 위태로운가. 지금의 사랑은 손끝으로만 조심스럽게 전해져야 겨우 온기를 유지할 수 있는, 유리 세공품처럼 연약한 것이기도 하다.

울산 종성삼촌의 전화에 엄마는 주저 없이 대답했다.

"태바지…."

태반을 목에 감고 태어나 '태바'라 불렸던 막내 동생의 애칭. 삼촌의 이름을 기억해 낸 엄마의 대답은 그야말로 백 점짜리였다. 수화기 너머 삼촌의 목소리가 환희와 기쁨으로 젖어 드는 순간, 엄마는 돌아가신 증조외할아버지의 안부를 물으며 기어이 찬물을 끼얹고 만다.

엄마의 기억 속에서 외할아버지는 물론, 이미 세상을 떠나신 증조외할아버지까지도 여전히 찾아뵈어야 할 분들로 남아 있었다. 증조외할아버지의 성함이 '황오석' 세 글자임을 또렷이 기억하면서도, 정작 그분이 계신 곳이 이승인지 저승인지는 기억하지 못하는 것이다. 그럼에도 삼촌은 내일 또 전화를 걸어 물을 것이다.

"누님, 내 누군지 알겠는교?"

그 질문은 기억의 저편으로 사라져 가는 누이를 붙잡고 싶은 동생의 간절한 기도일지도 모른다. 찰나의 기쁨과 깊은 상실감이 교차하는 이 풍경은 이제 우리 집 거실에서 매일같이 반복되는 서글픈 일상이 되어 버렸다.

우리의 굽이진 길목마다 외가 식구들의 손길이 징검다리처럼 놓여 있었다. "니만 마음 핀하면(편하면) 되나?"라는 투박한 사투리 속에는 자신은 돌보지 않고 상대만 챙기는 마음에 대한 지독한 애정과, 네가 웃어야 나도 웃을 수 있다는 외가 식구들만의 깊은 유대감이 흐르고 있었다. 네 살 터울의 막내이모는 내 형제들의 빈틈을 메우며 기꺼이 험한 길을 함께 걸어 주었다. 이모는 때로 내 언니가 되어 주었다. 외삼촌들과 이모들이 쏟아 준 그 사랑의 깊이를 나는 도저히 다 가늠할 수도, 갚을 수도 없다. 그들은 이제 내 곁에서 '엄마의 보호자'가 되어 주며 기꺼이 함께 걸었다.

내가 무거운 짐을 들 때면 딸 유진이가 다가와 손을 뻗는다.

"엄마, 내가 들게요."

"유진아, 할머니도 나한테 짐을 못 들게 했어. 모든 짐은 할머니가 다 짊어졌어. 그런데 이제 네가 또 그러네."

엄마는 눈에 보이는 짐만이 아니라, 보이지 않는 짐까지 대신 져 왔다. 유진이가 잠시 생각하더니 대답했다.

"엄마, 그땐 할머니가 젊으셨고, 지금은 제가 어리잖아요."

나는 그 말의 의미를 단번에 헤아리지 못했다. 젊은 엄마는 짐을 졌고, 어린 딸은 그 짐을 나누려 한다. 엄마와 나 사이는 스물일곱 살, 나와 유진이 사이는 마흔 살이라는 큰

차이가 있었다. 나는 늘 그 중간에 서 있었다. 받기만 하던 어린 딸이었고, 주기만 하려 애쓰는 엄마였던 시간들이었다. 그 사이에서 나는 엄마의 온기를 기억하며, 딸의 손길을 받아들이며 살아가고 있었다.

엄마의 손재주는 나보다 딸 유진이가 더 빼닮은 듯하다. 엄마는 늘 당신의 품으로 나를 가려 바람을 막아 주었다. 그 지극한 보살핌 덕에 나는 세상 물정 모르는 아이로 머물 수 있었지만, 정작 나는 유진이에게 그만큼의 방패가 되어 주지 못했다. 내가 막아 주지 못한 바람을 맞으며 유진이는 스스로 앞길을 헤쳐 나가는 법을 배웠고, 덕분에 나보다 훨씬 야무진 손길을 갖게 되었다.

세상의 모든 엄마는 우리 엄마처럼 유별나고 헌신적인 사랑을 주는 줄로만 알았다. 하지만 막상 그 자리에 서 보니, 나는 내 앞가림조차 벅차 쩔쩔매는 서툰 엄마일 뿐이었다. 엄마가 나를 위해 기꺼이 만들어 주셨던 그 거대한 그늘이, 내가 엄마가 되고 나서야 얼마나 크고 뜨거운 헌신이었는지 실감한다.

이스라엘 사회에는 모계 계승 원칙(Matrilineal Descent)이라는 독특한 전통이 있다. 아버지가 누구인지와 상관없이 어머니가 유대인이라면 그 자녀는 자동으로 유대인이 된다는 법이다. 박해와 유랑의 역사 속에서 혈통을 지키기 위한 선택이었겠지만, 한편으로는 아이의 영혼을 빚는 존재가 결국 어머니임을 인정한 셈이기도 할 것이다.

돌이켜 보니 우리 집안의 풍경도 그와 닮아 있었다. 아들보다 딸이 더 대접받는 세상의 흐름 때문만은 아니었다. 우리 가족은 어느덧 친가보다 외가의 영향 아래 더 깊숙이 뿌리를 내리고 살아왔다. 나의 가치관, 사람을 대하는 태도, 사소한 손길 하나까지도 모두 외가에서부터—정확히는 나의 엄마로부터—흘러온 것이었다.

지금 엄마 곁을 지키는 것은 결코 고립된 싸움이 아니다. 그것은 김 씨 집안의 둘째 딸이 받아 온 거대한 사랑의 물결을 이어 가는 일이며, 우리 가문의 영혼 속에 면면히 흐르는 '사랑의 계보'를 완성하는 일이다.

엄마의 짐을 대신 짊어졌던 내 어깨 위로, 이제 유진이의 작은 손이 포개진다. 사랑은 그렇게 위에서 아래로 흐르고, 다시 옆으로 번지며 우리를 지탱한다. 치매라는 소용돌이 속에서도 우리가 길을 잃지 않는 이유는, 서로의 손끝에 닿아 있는 이 뜨거운 온기가 '우리'라는 이름을 증명하고 있기 때문이다.

엄마가 치매 환자가 되고 나서야 서서히 보이기 시작한
풍경들이 있다. 일본 이시무라(Ishimura) 선생은 치매 엄마를
모시고 사는 것이 너무 힘이 들어 1년에 두세 차례 한국에
오곤 했었다. 예전에는 그저 안쓰러운 남의 일로만 여겼던
치매 부모의 이야기가, 이제는 나의 숨소리만큼이나 가까운

현실로 다가왔다. 길 위에서 마주치는 노인의 위태로운 걸음걸이, 같은 말을 반복하는 쉰 목소리, 그 곁을 한 발짝도 떼지 못하는 보호자의 초조한 눈빛…. 어느 순간부터 세상은 치매라는 십자가를 진 이들과, 그들을 부축하는 동지들로 가득 차 있는 것처럼 보였다.

처음에는 엄마의 병을 말하는 것이 조금은 부끄러웠다. 입 밖으로 내는 순간, 설명해야 할 고통들이 꼬리표처럼 따라붙을 것만 같았다. 치매는 게으름의 결과도, 삶에 대한 벌도 아니라는 것을 알았다. 공부를 많이 했다고 피해 가는 병도, 성실하게 살았다고 비켜 가는 병도 아니었다. 치매는 삶의 성적표가 아니었다. 부끄러워해야 할 것은 이 피할 수 없는 질병이 아니라, 질병을 마주하는 우리의 무지(無知)였다.

혜화동에 십오 년 세월을 버틴 작은 옷가게가 있다. 여든을 훌쩍 넘긴 주인 할머니가 계신 그곳은 동네 노인들의 안식처다. 칠십 대, 팔십 대 할머니들이 모여 앉아 엄마의 반복되는 자랑을 매번 처음 듣는 양 정성스레 들어 주었다. 나 역시 그들 틈에 앉아 노년의 고단함과 자식에 대한 서운함이 뒤섞인 생의 이야기들을 함께 나누었다.

치매라는 안개가 내려앉아도 엄마는 딸의 학력만큼은 잊지 않았다.

"우리 딸은 이화여대 정치외교학과를 나왔다."

아무도 묻지 않았으나 엄마는 늘 그 말을 자부심처럼 내밀었다. 덕분에 나의 숨겨진 학력은 데이케어센터와 옷가게 할머니들 사이에서 공공연한 비밀이 되어 버렸다.

나는 그 옷가게에서 중요한 진실 하나를 배웠다. 엄마의 기이한 행동들은 병의 증상이기 전에, 노년이라는 계절을 지나는 인간이라면 누구나 맞닥뜨릴 수 있는 생의 단면이라는 사실을. 그 이해의 창 덕분에 나는 엄마를 '치매 환자'라는 차가운 틀에만 가두지 않을 수 있었다.

때로 엄마의 배회를 걱정하는 이들의 충고에 엄마가 화를 내며 자리를 박차고 나갈 때도 있었다. 하지만 그곳의 누구도 엄마를 탓하지 않았다. 그저 엄마가 다시 돌아올 자리를 묵묵히 비워 둘 뿐이었다. 멀어지는 엄마의 뒷모습을 배웅하던 그들의 따스한 시선이, 그날의 혜화동을 고요하게 감싸 안고 있었다.

길을 잃을 뻔한 엄마를 말없이 집까지 모셔다 주는 강 권사님, 엄마의 투박한 손을 꼭 잡고 늘 고개를 끄덕이며 맞장구를 쳐 주는 하민이 고모…. 혜화동 이웃들은 그렇게 엄마의 흐릿해진 기억의 빈틈을 자신의 온기로 조금씩 채워 주고 있었다.

치매는 한 개인과 가족이 짊어져야 할 형벌이 아니라, 이웃의 손길이 닿아야 할 '공동체의 시간'임을 나는 그 작은 옷가게에서 배웠다. 홀로 서 있는 나무는 거센 바람에 꺾이기 쉽지만, 숲을 이룬 나무들은 서로의 가지를 맞대어 폭풍우

를 견뎌 낸다. 혜화동의 이웃들은 엄마라는 한 그루 나무가
쓰러지지 않도록 기꺼이 든든한 숲이 되어 주고 있었다.

그런 이웃들의 마음을 아시는지, 기억이 흐릿한 와중에
도 엄마가 청산유수처럼 기도를 쏟아 내실 때면 모두가 경
이로운 눈으로 서로를 바라보곤 했다. 보호받아야 할 사람
은 엄마였지만, 역설적으로 그 순간만큼은 우리 모두를 위
해 신의 보호를 빌어 주는 이가 바로 엄마였다. 도움을 주던
이웃들은 도리어 엄마의 기도 안에서 위로받으며, 자신들
또한 보호가 필요한 연약한 존재임을 마주하는 듯했다.

가게 할머니가 타 주시는 커피 한 잔 앞에서도 엄마는 늘
미안해하셨다.

"이렇게 맨날 공짜로 얻어묵어도 될랑가 모르겠네. 어르
신이 주니까 더 맛있네."

하며 환하게 웃으셨다. 사실은 엄마가 네 살이나 위였지
만, 하얗게 센 할머니의 머리카락을 보며 엄마는 당신의 나
이를 잊었다.

사라지는 기억 속에서도 '미안함'이라는 인간의 예의는
끝내 남아 있었다. 엄마가 들고 간 작은 과자들을 내보이면
할머니는 웃으셨다.

"커피가 이렇게나 많아요. 커피값은 나중에 모내기해서
돈 많이 벌어 오시면 그때 주세요."

할머니의 그 사소한 농담은 엄마를 '돌봄 받는 환자'에서

'들판을 일구던 씩씩한 일꾼'으로 순식간에 되돌려 놓았다.

엄마의 굳게 닫혀 있던 기억의 문이 열리자 이야기는 자연스레 고구마밭의 흙냄새와 모내기 시절의 활기로 흘러갔다. 동네의 작은 옷가게는 어느새 참새 방앗간이 되어, 노인들이 쏟아 내는 그리운 이야기들이 켜켜이 쌓여 갔다.

엄마는 비록 어제 일은 잊어도, 사람 사이의 온기만큼은 당신만의 예민한 감각으로 느끼고 있었다.

"이 동네는 아즉 인정시럽네."

엄마가 툭 내뱉은 그 말 한마디에, 우리가 그 좁은 가게에 모인 이유가 다 담겨 있었다. 같은 속도로 저물어 가는 시간을 나누는 혜화동 이웃들은 또 다른 이름의 가족이었다.

엄마는 이제 매일 혜화동을 누비는 낯선 여행자가 되었다. 어제 만난 이웃 할머니들을 오늘 또다시 여행지에서 처음 마주친 사람처럼 반갑게 인사하고, 익숙한 골목에서 길을 잃으며 매 순간 '진짜 여행'을 하고 있는 셈이다. 보통의 사람들에게 길을 잃는다는 것은 불안과 공포이겠지만, 엄마에게는 매일 아침 세상이 새로 피어나는 기적일지도 모른다. 어제의 슬픔도, 어제의 고단함도 망각이라는 파도에 씻겨 내려간 자리. 그 백지 위에 엄마는 매일 처음 만나는 사람들과 수줍은 인사를 나누며 당신만의 지도를 다시 그린다.

나는 그 곁에서 길을 잃지 않게 붙잡아 주는 가이드가 아니라, 엄마의 무구한 여행에 기꺼이 동행하는 길동무가 되기로 했다. 기억의 끈을 놓친 뒤에야 시작된 이 이상하고도 아름다운 산책길 위에서, 우리는 '지금, 이 순간'만을 사랑하는 법을 배우고 있다.

치매라는 잔혹한 손님을 맞이한 환자와 그 가족들은 골목 어귀에서 서로를 한눈에 알아본다. 그리고 서로의 고단함을 묻는 대신, 눈에 띄지 않게 상대의 그림자를 가만히 돌보며 살아간다. 누군가 길을 잃으면 말없이 뒤를 따르고, 누군가 같은 질문을 반복하면 처음인 듯 웃으며 답해 주는 그 고요한 연대가 이어지고 있다.

혼자가 아니라는 사실. 내가 짊어진 이 십자가를 저 골목 너머의 이웃도 함께 지고 가고 있다는 그 감각 하나만으로도, 혜화동의 산책길은 충분히 다정했다.

문밖은 위태롭고 엄마의 기억은 매일 조금씩 부서져 내리겠지만, 더 이상 문을 잠그는 행위에서 절망만을 읽지 않는다. 이 골목의 다정한 그림자들이 서로를 지켜 주는 한, 우리의 애씀은 결코 헛된 소모가 아닐 것이기 때문이다.

엄마의 기억이 지워진 백지 위로 혜화동 이웃들이 각자의 온기로 색칠을 해 준다. 비록 내일이면 다시 하얗게 지워질 그림일지라도, 오늘 우리가 함께 나눈 이 빛깔만큼은 엄마의 영혼 어딘가에 따스한 얼룩으로 남으리라 믿는다. 길을 잃어도 괜찮은 동네, 다시 돌아올 자리가 비어 있는 이 골목이 있어 오늘도 우리는 안심하며 내일의 산책을 준비한다.

TIP | 유진맘의 간병 노트 3:
좋은 데이케어센터 고르는 3가지 기준

엄마가 낮 동안 머물 곳을 찾는 일은 단순히 시설을 고르는 작업이 아니었다. 그것은 엄마의 낯선 하루를 누구에게 의탁할 것인가를 결정하는, 집을 짓는 일보다 더 신중하고 엄숙한 '사랑의 거처'를 찾는 과정이었다. 나는 세 가지 마음의 잣대를 들고 혜화동 골목을 나섰다.

첫째, 프로그램의 화려함보다 그곳에 머무는 '사람의 정신'을 먼저 살폈다. 종교 단체가 운영하는 곳들을 유심히 보았다. 신앙의 유무를 떠나, 그곳에는 환자를 '대상'이 아닌 '존엄한 생명'으로 대하려는 헌신이 깃들어 있는 경우가 많았기 때문이다. 도움의 손길이 넉넉한 곳, 무엇보다 환자를 바라보는 눈빛에 온기가 서린 곳을 찾으려 애썼다. 기교 섞인 프로그램은 그다음 문제였다. 사람의 마음을 얻지 못한 돌봄은 차가운 기계와 다를 바 없음을 알기에, 엄마의 손을 잡아 줄 그들의 '마음'을 먼저 보았다.

둘째, 집에서 걸어서 오갈 수 있는 거리인지를 따졌다. 차량 이동은 효율적일지 모르나, 정해진 시간에 쫓겨 서두르는 마음은 환자와 보호자 모두를 피로하게 만든다. 엄마와 손을 잡고 천천히 걸어 갈 수 있는 거리를 원했다. 오가

는 길에 마주치는 바람과 계절마다 피어나는 꽃들을 산책하
듯 누리며, 시간에 구애받지 않고 드나들 수 있는 곳. 혹여
엄마에게 급한 일이 생겼을 때 단숨에 달려갈 수 있는 그 지
척의 거리가 내게는 큰 안식처가 되어 주었다.

셋째, 콘크리트 숲이 아닌 하늘이 보이는 환경을 원했
다. 하루 종일 빌딩 속에 갇혀 창백한 형광등 아래 머물게
하고 싶지 않았다. 비록 서울 한복판에서 숲속 같은 환경을
찾는 일은 모래알 속에서 진주를 찾는 일만큼이나 어려웠지
만, 포기하지 않았다. 대신 부족한 부분은 내가 채우기로 했
다. 건물 안에서 보내는 시간이 길어질수록, 밖에서 누리는
공기의 가치는 더 소중해지니까. 그래서 매일 아침과 저녁,
엄마와 함께 산책을 나섰다.

엄마를 보내 놓고 돌아오는 길, 조용히 기도한다. 내가
선택한 이 공간이 엄마에게 단지 '머무는 곳'이 아니라, 기억
이 흐려지는 중에도 "나는 아직도 사랑받고 있구나"를 느낄
수 있는 사랑의 장소가 되기를. 사랑은 결국 가장 좋은 것을
주고 싶은 마음이며, 그 마음은 세심한 살핌과 정성 어린 발
걸음 속에서 만들어진다는 것을 오늘도 배운다.

장기요양등급 신청 꿀팁

장기요양등급은 치매 돌봄이라는 긴 여정에서 국가가

우리에게 내미는 최소한의 지팡이와 같다. 이 지팡이를 단단히 쥐기 위해, 신청 과정에서 당황하지 않도록 다음의 실전 팁을 마음의 수첩에 적어 둔다.

1. 치매안심센터, 여정의 첫걸음이다

가장 먼저 거주지 보건소 내 치매안심센터를 방문한다. 이곳에서의 선별 검사는 모든 지원의 시작점이다. 치매 정밀검진 비용 지원은 물론, 조기 발견을 위한 전문적인 도움을 받을 수 있으니 혼자 고민하지 말고 전문가의 손을 먼저 잡는다.

2. 엄마의 하루를 '기록'으로 증명하기

국민건강보험공단 조사관은 단 30~40분 만에 상태를 판단해야 한다. 그 짧은 시간에 평소의 어려움을 다 보여 주기는 어렵다. 그래서 최소 일주일간의 관찰 일지를 미리 준비한다.

• 이상 행동: 밤샘 배회, 공격적 언행, 대소변 실수(횟수/시간대)

• 위생·식사: 세수 거부, 수저 사용 능력 등 일상 수행의 구체 기록

• 핵심 서류: 병원에서 발급받은 의사소견서 발급번호,

치매 진단서(또는 관련 진단 자료)

3. 조사 당일의 지혜: '괜찮은 척'에 대비하기
치매 어르신들은 낯선 사람 앞에서 긴장해 평소보다 훨씬 또렷하게 행동하곤 한다.

• 조사관에게 미리 정중히 말씀드린다. "엄마가 낯선 분 앞에서는 괜찮은 척을 하실 때가 있어요. 제가 드린 기록지를 꼭 참고해 주세요."
• 엄마 앞에서 치부를 드러내는 일은 가슴 아프지만, 사실대로 말해야 필요한 도움을 받는다. 가능하다면 엄마가 안 계신 곳에서 따로 상세히 상담한다.

4. 의사소견서는 '내용'이 중요하다
단순히 '치매'라는 진단명만으로는 부족할 수 있다. 치매로 인해 일상생활 수행에 어떤 어려움이 생겼는지, 어떤 도움이 필요한지 구체적인 소견이 담기도록 주치의에게 실제 돌봄의 어려움을 자세히 설명해 반영되게 한다.

5. 등급 판정 기준을 이해하기
치매 등급은 단순한 숫자가 아니라, 엄마가 통과하고 있는 생의 단계를 가늠하게 해 주는 지표이기도 하다. 기준을 이해하는 일은 엄마를 더 깊이 보살피기 위한 첫걸음이었다.

• 5등급(치매특화): 신체 기능은 비교적 양호하지만 인지 저하가 뚜렷해, 인지 활동 지원이 중요한 단계

• 4등급: 일상생활에서 주변의 도움이 부분적으로 필요한 상태

최근 들어 잦아진 엄마의 배회는 결국 다시 등급 심사를 요청하는 계기가 되었다. 재심사 결과, 엄마는 일상생활에서 주변의 도움이 부분적으로 필요한 4등급 판정을 받았다. 방문 조사관이 식사와 옷 입기, 세면 같은 신체 기능부터 단기 기억과 판단력 같은 인지 항목까지 하나하나 살피는 동안, 나는 그 곁에서 엄마의 무너져 가는 일상을 아프게 확인해야 했다. 체크리스트의 빈칸이 채워질수록 엄마라는 한 세계의 균열은 더 선명해졌고, 나는 기록자가 되어 엄마가 잃어버린 조각들을 담담히—그러나 처연하게—지켜보았다.

6. 지문 사전등록은 또 다른 생명줄이다

등급 신청만큼 긴박한 것이 경찰청의 지문 사전등록이다. 길을 잃으셨을 때 가장 빠르게 집으로 돌아오실 수 있는 '약속'이다. 사랑하는 이의 지문을 등록하는 일은, 그분이 어디에 있든 끝내 집으로 연결되어 있다는 안심의 마침표다.

엄마의 세계를 억지로 교정하지 않기로 했다.
딱 그 정도만 기억해도,
지금 내 곁에서 웃고 있는 당신은 충분히 아름다우니까.
치매가 있어도 우리는 불행할 이유가 없으며
가장 긴 이별을 준비하는 지금 이 순간조차 삶의 한 조각이다.
지워지는 기억보다 깊게 새겨지는 오늘의 온기 속에서
우리는 처마 끝 고드름처럼 투명하게 사랑을 완성해간다.

04

우리의 시간은 처마 끝에서 완성된다

안녕, 오늘도 사랑합니다: 성찰과 희망

딱 그 정도만 기억해도 괜찮아요:
 엄마의 세계를 인정하기

혜화동 골목을 한 바퀴 도는 일은 이제 우리 모녀에게 매일 아침 드리는 경건한 기도와도 같다.

"엄마, 등을 쭉 펴 보세요."

이 말은 더는 잔소리가 아니다. 골목 어귀에 매일 아침

울려 퍼지는 다정한 노래가 되었다.

햇살이 유독 투명하게 부서지던 날, 노란 국화가 만개한 담장 앞에 멈춰 섰다.

"엄마, 저 꽃 이름이 뭔지 아세요?"

"높은 데 있어서 잘 안 보인데이."

작은 국화라 '소국'이라는 내 설명에 엄마는 금세 아이처럼 환하게 웃었다.

"작을 소(小), 소국이라…… 아, 그렇구나!"

아주 작은 이해의 빛이 그날 하루를 밝히는 등불이 되었다. 흔히 말하는 러너스 하이처럼. 그날의 웃음은, '치매 하이'라 불러도 될 만한 순간이었다. 마라톤에는 결승점이 있지만 치매에는 결승점이 없다, 고 했다. 그래도 길 위에서 예기치 않게 마주치는 이런 기쁨들이 있기에 다시 내일을 걸어갈 힘을 얻는다.

매일 우리를 내려다보는 학교 담장 너머의 나무들. 어제도 그제도 했던 질문을 오늘도 또 던진다.

"엄마, 저 나무 이름이 뭐예요?"

그러자 기억의 먼지 더미 속에서 엄마의 빛나는 앎이 반짝 고개를 든다.

"저건 가시게게뽕나무다. 잎이 가시게(가위)처럼 생겼다 아이가."

"엄마, 그럼 가죽나무는요?"

"가죽나무…… 외갓집 앞에 있었다. 그 이파리로 가죽자반도 맹글었다. 찹쌀풀 무처 말렸다가 튀겨 먹으면 참 맛있데이!"

엄마의 목소리가 단숨에 환해졌다. 가죽나무라는 이름 하나가 엄마를 순식간에 옛날 외갓집 앞마당으로 데려다 준 것이다. 어릴 적 그 강한 향이 싫어 가죽잎 반찬을 멀리하곤 했다. 하지만 중국 땅에서 귀한 대접을 받는 가죽잎을 보며, 겨우 그 향의 깊이를 알았다. 그 향은 어린 시절의 문을 여는 비밀번호 같아서 한 점만 맛보아도 햇빛 스며들던 마당과 막내 이모의 목소리가 한꺼번에 들려온다.

혜화성당 데이케어센터로 향하는 가파른 오르막길을 오르며, 엄마는 몇 번이고 발걸음을 늦추셨다. 그리고는 못내 마음이 쓰이는 듯 작은 목소리로 말했다.

"할매들이 마이 있는데, 맨날 빈손으로 갈라카이 좀 그런데…."

"엄마, 센터에는 아무것도 가져가면 안 돼요. 선생님들이 다 준비해 두셨으니까 빈손으로 가도 괜찮아요."

나는 늘 그렇게 말해 드렸다. 그래도 엄마는 집 안의 무엇이라도 주머니에 넣어 선생님들께 드리고 싶어 하셨다. 집을 나설 때면 엄마의 차림새를 살펴야만 했다. 옷을 몇 겹이나 껴입으셨는지, 부풀어 오른 주머니 속에 또 어떤 다정한 진심을 숨겨 두었는지를 확인해야 했다.

엄마는 이제 기억을 잃어가는 것이 아니라, 기억에 매달리지 않게 된 것인지도 모른다. 더 이상 쓸 수 없는 것들을 자연스럽게 내려놓는 법을, 엄마는 이미 알고 있었던 것이다. 엄마의 세계에서는 긴 설명도 거창한 이유도 중요하지 않다. 오직 지금 함께 있는가, 우리가 서로를 마주 보고 있는가만이 전부일 뿐이다.

소란은 주로 밤에 일어나곤 했다. 가끔 어둠이 깊은 새벽 한 시 반, 거실을 떠도는 엄마의 발자국 소리에 잠이 깼다. 이불 속에서 웅크린 채 "주여, 이 죄인을 불쌍히 여겨 주소서"라는 짧은 신음 같은 기도를 뱉는다.

휴일의 단조로움 속에서 엄마의 리듬도, 나의 기억도 흐트러진 날이었다. 약 기운 없이 엄마 스스로 버텨 주길 바랐던 내 간절함은 결국 밤의 소란으로 돌아왔다. 뒤늦게 약을 드린 뒤 한참이 지나서야, 방바닥에 아무렇게나 엎드려 잠든 엄마를 발견한다. 정신이 또렷할 땐 "내 인자 오줌 안 싼다"며 한사코 거부하던 기저귀를, 깊이 잠든 틈을 타 몰래 채워 드린다.

문득 성경 속 노아의 두 아들, 셈과 야벳이 떠올랐다. 아버지의 허물을 보지 않으려고 뒷걸음질을 쳐 들어가 겉옷으로 하체를 덮어 주었던 그들처럼, 나 또한 엄마의 노쇠함을 정면으로 마주하는 대신 존엄만은 온전히 지켜 드리고 싶어진다.

엄마는 비록 걸음이 마음보다 더뎌 조금씩 팬티를 적실지언정, 혼자 힘으로 화장실을 찾으려 애쓰신다. 그 위태로운 걸음으로 안간힘을 쓰는 뒷모습이 얼마나 눈물겹고 고마운지 모른다. 행여 자식에게 짐이 될까, 아무리 맛있는 음식이 있어도 많이 먹으면 안 된다며 숟가락을 놓으시는 엄마. 화장실 갈 일을 걱정하며 스스로를 절제하는 그 야윈 뒷모습은 아직도 나보다 단단하고 깊다.

실수를 하신 날이면 엄마는 부끄러움에 젖은 팬티와 속옷을 냉장고 깊숙한 곳에 몰래 숨겨 두기도 하신다. 기억의 길은 끊겼을지언정, 평생 단정하게 살아오신 당신의 자존심은 본능처럼 남아 있는 모양이다.

내가 그것을 찾아 세탁기에 넣기 전 잠시 물에 담가 두면, 엄마는 어느새 그 찰나를 놓치지 않고 다가오신다. 굽은 손으로 옷가지를 비벼 빨아 방 이곳저곳에 정성스레 널어두는 뒷모습. 그 정갈한 손놀림은 당신의 허물을 스스로 씻어내려는 애처로운 안간힘이자, 이 집의 살림을 책임지고 있다는 무언의 선언처럼 느껴진다.

방 안을 채운 축축한 세탁물들은, 당신의 삶이 아직 무너지지 않았음을 증명하려는 엄마만의 처절하고도 깨끗한 노력이다. 나는 그 젖은 옷가지들을 보며, 엄마가 지키고자 했던 것이 단지 청결이 아니라 당신의 존엄이었음을 목도한다. 내 조급함으로 그 위태로운 노력을 채찍질했던 시간들이 아프게 밀려와 가슴을 적신다. 엄마라는 바다의 가장 깊은 곳, 그 눈물겨운 사랑의 실체를 마주하고 있다.

어느덧 세상의 지도는 지워졌지만, 엄마 마음속엔 아직도 자식과 집을 향한 나침반이 작동하고 있다. 식당에 앉아 따뜻한 밥 한 그릇을 앞에 두고도, 엄마는 혼자 집에 있을 누군가를 걱정하며 숟가락을 재촉한다.

"우리꺼정만 묵어서 되겠나? 퍼뜩 먹고 가재이, 얼러 가자. 여서 집에 갈라믄 멀지? 이리 가는 게 더 가깝제?"

밥을 먹으면서도 집에서 기다릴 사람을 걱정하고, 길을 걸으면서도 어디가 더 가까운 길일지 먼저 헤아리는 엄마였다. 기억은 흐릿해져도 평생 몸에 배어버린 엄마라는 책임감은 망각의 그늘 속에서도 따뜻하게 빛을 발한다.

그 길목 끝의 Goodness Cafe(굿네스 카페) 문을 열고 들어서면, 기다렸다는 듯 이웃들의 환대가 쏟아진다. 사장님은 엄마의 찻값만큼은 한사코 무료를 고집하신다. 내가 엄마 귀에 대고 "엄마, 사장님이 오늘 차는 그냥 드시래요" 하고 속삭이면, 엄마는 아이처럼 환하게 웃다가도 연신 고마움과 미안함이 섞인 인사를 건넨다. 간판에 적힌 글자보다 더 '착한' 사람으로, 엄마는 사장님을 기억하고 있었다. 이름도 나이도 가물가물해지는 세계 속에서 엄마는 '무조건적인 환대'라는 가장 쉬운 언어를 온몸으로 받아낸다.

찻집에서 마시는 한 잔을 두고도 "오매가매 커피 마셨는데, 뭐 한다꼬 또 마시노"라며 손사래 치는 엄마의 완강함 속에서, 지워지지 않는 평생이 보인다. 당신 입보다 자식 주머니를 먼저 걱정하던 그 지독하고 눈물겨운 사랑의 본능이다. 하지만 온기가 가시기도 전, 엄마는 다시 엉덩이를 들썩이며 창밖을 바라본다.

"우리 엄마는 꼭 청개구리 같아요. 센터에선 집에 가자 하고, 집에 오면 센터 가자 하고…."

내 핀잔에 엄마가 대꾸한다.

"니는 청개구리가 뭔지나 알고 그라나? 파란색으로 생긴 게 청개구리다. 니는 그런 청개구리 딸이고!"

카페 안은 순식간에 웃음바다가 된다.

집에 돌아오니 30년 지기 인연인 일본의 후지미(Fujimi) 선생님이 보내온 크리스마스 선물이 쌓여 있었다. 엄마에게 후지미 선생님이 누군지 기억나느냐고 물었더니, 안타깝게도 전혀 모르겠다는 표정만 지으셨다. 선생님이 한국에 오셨을 때 가끔 만났고, 심지어 일본 시코쿠 고치현(高知県)에 있는 선생님 댁에 놀러 가기도 했다. 그곳 학교 선생님들께 엄마가 직접 정성껏 비빔밥을 대접했던 기억조차 이제는 망각의 안개 너머로 사라진 모양이었다.

하지만 선물을 물끄러미 바라보던 엄마는 말씀하셨다.

"사람이 살면서 인사를 잘 해야 하는 기다."

구체적인 사건과 이름은 지워졌을지언정, 평생을 지탱

해온 사람에 대한 예의와 도리만큼은 영혼 깊은 곳에 남아 있었던 것이다. 치매라는 거센 물살 속에서도 엄마는 여전히 준엄한 어른이었고, 그 품격은 세월도 앗아가지 못했음을 알았다.

매일 똑같은 하루 같으나 단 한 번도 같지 않은 시간들. 따스한 햇살, 나무 아래의 시원한 그늘, 높은 하늘의 뭉게구름…. 엄마에게 꼭 필요했던 것들이 이미 우리 곁에 넘치게 있다는 사실을 알게 되었다. 내 안의 두려움은 깊은 감사가 되어 간다.

어느새 가을이 가고, 낙엽이 다 떨어진 나무들이 추위에 떨며 서 있는 겨울이 왔다. 우리는 오늘도 혜화동 산책길을 걷는다. 잃어버린 것들을 슬퍼하기보다, 곁에 남은 것들의 경이로움을 노래하기로 한다.

푸른 잎이 무성할 때면 그것이 가죽나무인지 뽕나무인지 단박에 알아맞히던 엄마였다. 기억이 다 떨어진 줄 알았더니, 잎 하나 없는 겨울나무를 가리키며 엄마가 나직이 말했다.

"저건 가죽나무대이."

"엄마, 잎이 하나도 없어서 저는 잘 모르겠는데, 어떻게 그렇게 잘 알아요?"

깜짝 놀라 물었다. 엄마가 미처 떠올리지 못한 뽕나무에 대해서는 더는 묻지 않았다. 돌아오지 않는 기억을 재촉하

기보다, 지금 내 곁에서 숨 쉬는 엄마의 예리한 감각을 사랑
하기로 했기 때문이다.

　우리의 위태로운 애씀은 평화로운 기도가 되어 차가운
겨울 하늘로 올라가고 있었다.

나처럼, 우리처럼:
치매가 있어도 불행하지 않을 권리

　간호사로 일해 온 오랜 친구 영순이는 "세월이라는 준엄한 강물 앞에 장사(壯士)는 없네"라며, 한때 봄날의 꽃처럼 명랑했던 우리 엄마를 추억하고는 곁을 지켜주었다. 기억 위에 하얀 서리가 내려앉는 것을 보며, 인간의 나약함과 생로병사의 피할 수 없는 질서를 마주한다. 그러나 그 질서 안에서 나는 혼자가 아님을, 그리고 그 어둠 속에서도 번져오는 새로운 빛이 있음을 본다.

돌봄의 선택에는 정답이 없다. 가정이든 시설이든, 본질은 단 하나—엄마가 덜 외로운 쪽을 택하는 일이다. 치매는 모든 것을 끊어내는 단절의 병처럼 보이지만, 우리가 서로의 손을 놓지 않는 한 세상과의 연결은 여전히 유효하다. 그래서 나는 이제 엄마가 좋아했던 것, 혹은 미처 해보지 못했던 것들을 찾아 기분 좋은 욕심을 내기 시작했다.

평생 엄마는 서울 딸네 집에 오셔도 몸 편히 누이기보다 밀린 집안일을 거들다 내려가곤 하셨다. 제대로 된 서울 구경 한 번 시켜 드리지 못한 미안함이 늘 가슴 한구석에 체기처럼 묵직하게 남아 있었다. 더 늦기 전에, 나는 엄마를 모시고 차창 밖이 훤히 내다보이는 301번 시내버스에 올랐다.

코엑스 앞에 서서 123층 롯데월드타워의 웅장한 자태를 올려다보고, 별마당도서관의 압도적인 책장 앞에서는 아이처럼 환하게 웃는 엄마를 사진 속에 꾹꾹 눌러 담았다. 몸보신을 위해 압구정 금수복국에서 뜨끈한 국물을 대접하고, '더 쌍화'에 들러 황후라도 된 듯 정갈한 황실 세트를 함께 마셨다.

비록 엄마의 기억이 모래성처럼 조금씩 허물어지고 있더라도, 함께 서울의 공기를 마시고 진한 쌍화차 향을 나누던 그 순간의 감각만큼은 엄마의 세포 어딘가에 따뜻한 무늬로 새겨졌으리라 믿는다. 그 무늬가 엄마의 남은 생을 조금 더 보드랍게 감싸주길 간절히 바랄 뿐이다.

함께할 시간이 얼마나 남았을지 알 수 없기에, 오랜만에 엄마와 카메라 앞에 섰다. 만발한 장미가 터널을 이룬 중랑천에서 '행복을 찍는 사진사'—40만 명이 넘는 사람들의 행복한 순간을 사진으로 담아 주신 분, 우리는 삼촌이라 부른다—가 우리의 눈부신 봄날을 찍어주었다.

"그 긴 머리 소녀를 제가 지금까지 따라다니고 있습니다."

엄마의 가장 아름다웠던 시절을 수차례 들어 기억하고 있는 삼촌의 농담에, 엄마는 두 손으로 입을 가리고 수줍게 웃으셨다.

"그때 말하지 그랬어요."

차마 사랑이라는 말을 꺼내지 못한 채 소녀처럼 웃는 엄마의 손을 내가 꼭 잡았다. 맞잡은 손은 따뜻했고, 나를 지켜주던 예전의 손결 그대로였다. 유진하우스 거실에는 성경책을 든 스무 살 엄마의 사진이 걸려 있다. 무려 70년의 세월을 지나, 우리는 그 포즈를 다시 재현해 보았다. 그때의 순수한 웃음을 닮은 엄마의 미소를 보며 나는 다짐한다. 엄마라는 바다에서 길어 올린 나의 삶을 이제는 내가 온전히 되돌려드리겠노라고. 엄마의 손을 다시는 놓지 않겠노라고.

처음 서울 생활을 시작했을 때, 엄마의 돌발적인 행동들은 내게 매일 수습해야 할 '사고'처럼 보였다. 그러나 돌이켜 보면 그것은 엄마를 향한 통제가 아니라, 내 안의 두려움이 지르는 비명이었다. 만약 엄마가 끝까지 건강하셨다면 나는 평생 엄마를 먼발치에서만 바라보며 그 깊은 속내를 다 헤아리지 못했을지도 모른다.

건강한 모습으로는 절대로 자식 곁에 와 짐이 되지 않았을 그 고집스러운 사랑이, '치매'라는 기막힌 모습으로 위장해 내 곁에 머물게 된 것이다. 엄마의 치매는 나를 향한 마지막 양육이자, 내 내면을 환히 들여다보게 하는 정직한 거울이었다.

"밥은 뭇나?"

"배 서방하고 싸웠디나?"

엄마는 기억의 자리를 비워내면서도 딸의 안부만큼은 습관처럼 물었다. 나는 그 물음에 투정 섞인 목소리로 대답했다. 엄마가 밥을 안 해줘서 못 먹었다고.

내 투정에 엄마는 당황한 기색으로 웅얼거렸다.

"요새 내가 뭐 한다꼬 자식들 밥도 안 해 주고 있는지 모리겠네. 쌀이 암만 찾아도 안 보이더라이…."

기억의 미로 속에서 길을 잃은 엄마는 스스로를 자책하며 서성이고 있었다. 나는 그런 엄마의 마음을 붙잡듯 다시 물었다.

"엄마가 되어서 쌀이 어디 있는지도 모르면 어떡해요?

내일은 꼭 밥 해 줘야 해요. 알겠지요? 알지, 엄마? 응?"

확인하듯 묻는 내게 엄마는 기다렸다는 듯 대답했다.

"알지는 깐지야."

순간 멍하니 엄마를 바라보았다. '알지(알쥐)' 뒤에 '깐지'를 붙인 엄마만의 엉뚱한 말장난. 그 천진하고도 귀여운 농담에 참았던 웃음이 끝내 터져 나오고 말았다.

그 맑은 웃음 앞에서 나의 미숙함은 다시 한번 속절없이 무너져 내린다. 조금만 손을 잡아 드리고 친절히 대해도 엄마의 입에서는 늘 "고마워"라는 말이 마르지 않는다. 헤어질 때마다 곁에 있는 이들의 하루까지 걱정하며 "좋은 하루 되세요!"라고 외치는 사람. 투박한 경상도 사투리로 끊임없이 안부를 묻는 엄마는 기억의 조각들을 하나둘 잃어갈 뿐, 아직도 딸의 안색을 살피는 '보초병'의 자리를 떠나지 않았다. 치매는 관계의 진짜 힘이 지식이나 기억이 아니라, 깊은 사랑에서 나온다는 것을 비로소 증명해 보였다.

이제 나는 안다. 정말 두려운 것은 늙어가는 일이 아니라, 내 곁에 머무는 사랑을 알아챌 기회를 놓치는 일이라는 것을.

언젠가 한 친구가 "엄마한테 함부로 하지 마라"는 아버지의 말씀을 들려주었다. 그 이야기에 가슴이 뜨끔했다. 엄마를 환자라는 이유로 무시하거나, 조급함으로 상처를 주었던 숱한 순간이 스쳐 지나갔다. 사람은 가장 소중한 관계에서 무시당할 때, 몸의 통증처럼 깊은 고통을 느낀다고 한다. 그 아픔을 엄마에게 주지 않기 위해, 나는 이제 대화의 기술이 아니라 감정의 허락을 배우기로 했다. 기억의 회로가 엉켰을지언정, 나를 향한 엄마 마음의 안테나는 아직도 꼿꼿하게 세워져 있기 때문이다.

본래부터 착하거나 나쁜 치매는 없다. 치매의 얼굴이 사나워지는 것은, 어쩌면 그것을 대하는 우리의 마음이 먼저 가시를 세우고 있기 때문인지도 모른다. 돌봄의 온도가 다정하고 따뜻할 때, 치매는 망각의 탈을 잠시 벗고 순한 민낯을 드러낸다. 세상에 '착한 치매'는 없지만, 그 병을 대하는 '착한 돌봄'은 분명히 존재한다. 그리고 그 돌봄의 온도가 결국 우리가 마주할 삶의 풍경을 결정한다. 그래, 누군들 착한 돌봄을 안 하고 싶겠는가.

엄마의 첫 손녀 신애가 어느덧 아이 셋의 엄마가 되었다. 하루는 엄마를 깜짝 놀라게 해드리려고, 센터에서 돌아오실 시간에 맞춰 모두가 숨어 있다가 일제히 달려 나갔다. 엄마는 눈이 휘둥그레지더니 이내 환하게 웃으며 외쳤다.

"우리 예리이가(예린이가)?"

증손녀의 이름을 정확히 불러준 그 순간, 우리는 참았던 숨을 몰아쉬었다. 엄마가 우리 세계의 끈을 놓지 않고 있다는 증거였다.

그날 엄마는 고사리 같은 증손주들의 손을 꼭 잡고 간절한 기도를 했다. 그러고는 쌈짓돈을 꺼내 아이들 손에 쥐어 주며, 더 많이 주지 못해 미안하다는 말을 몇 번이나 되풀이 하셨다. 비록 엄마의 기억은 조각나 흐릿해지고 있었으나, 사랑을 베풀고 축복을 건네려는 어른의 마음만큼은 옹골지 게 남아 있었던 것이다.

엄마는 가장 아끼는 첫 손녀 신애를 향한 그리움조차 배 려 뒤로 갈무리하셨다.

"신애 오라고 할까요?"

내가 물으면, 그토록 보고 싶어 하면서도 엄마는 "오면 니 가 힘들지. 마, 괜안타" 하시며 마음을 꾹 누르시는 듯했다.

때로 엄마는 기억의 혼선 속에서 신애와 사촌 오빠의 딸 순분 언니를 착각하시곤 했다. 젊은 시절 집안 대소사마다 앞장서 일손을 돕고, 사촌 동생들까지 등에 업어 키워내셨 던 엄마의 헌신이 무의식에 깊이 새겨져 있기 때문일 것이 다. 몸이 기억하는 그 시절의 애틋함이 오늘의 그리움과 겹 쳐지고 있었다.

치매는 삶을 빼앗는 병이 아니라, 서로를 더욱 간절히 붙 잡게 하는 신의 엄숙한 부르심이었다. 혼자 돌볼 때 하루는 거대한 벽이었으나, 이웃 동생 주연의 헌신은 그 무거운 짐 을 기꺼이 나누어 주었다. 아침저녁으로 엄마와 나를 보살 피며 치매 환자를 어떻게 사랑으로 품어야 하는지를 몸소 보여준 동생을 보며, 나는 깨달았다. 사랑은 관념이 아니라 구체적인 돌봄이며, 신의 사랑은 가장 낮은 곳에서 묵묵히 손을 내미는 사람의 모습으로 우리 곁에 오신다는 사실을.

"내는 뭘로 가꼬 다 갚아야 하노…."

가끔 엄마는 알뜰살뜰 보살펴주는 동생을 우리 문중의 일가친척이라 소개하기도 하고, 아주 오래전 고향 친척의 딸이라 여기기도 하신다. 기억의 갈래가 엉키는 날이면 엄마는 한여름에도 옷을 몇 겹씩 껴입으며 통제할 수 없는 고집을 부리셨다.

"내가 을라가(어린이냐)! 니 말 듣구로!"

단단한 고집 앞에 서면 그 어떤 논리로도 엄마를 설득할 수 없었다. 그럴 때마다 동생은 묵묵히 엄마를 달래며 겹겹의 옷을 한 겹씩 벗겨 드렸고, 거칠어진 엄마의 호흡을 가라 앉히는 일에 기꺼이 손길을 보태주었다. 엄마와 나의 손발이 되어 기꺼이 돕는 일은 결코 아무나 할 수 있는 일이 아니었다. 그것은 단순히 몸을 움직이는 노동이 아니라, 한 사람의 생을 온전히 품어내겠다는 엄숙한 결심이 있어야 가능한 일이기 때문이다.

나보다 동생을 더 의지하며 아침마다 간절히 동생을 기다리는 엄마의 뒷모습을 보며 많은 생각을 했다. 돌봄이란 반드시 핏줄로만 이어지는 것이 아니라는 사실을. 진심을 다해 누군가를 돕는 정성과 끝을 알 수 없는 기다림이 있다면, 타인이라 할지라도 때로는 가족보다 더 깊은 위로가 될 수 있음을, 나는 엄마를 통해 처음으로 배웠다. 핏줄이라는 당연한 인연보다, 매일 아침 문을 열고 들어오는 이의 기꺼운 정성이 한 사람의 생을 얼마나 단단히 지탱해 주는지 알게 된 것이다.

동네 할머니들은 두 딸의 보살핌 속에 평온한 노년을 보내는 엄마를 세상에서 가장 부러워하신다. 피 한 방울 섞이지 않았으나 기꺼이 또 한 명의 딸이 되어준 동생 덕분에, 엄마의 세계는 더 이상 외롭지 않다. 사랑은 혈연의 줄기를 타고 흐르기도 하지만, 때로는 타인의 헌신이라는 귀한 통로를 통해 더 깊고 넓게 흐른다는 사실을 나는 이제 믿는다.

치매라는 폐쇄된 방에 갇힌 이에게 필요한 것은 정교한 통제가 아니다. 그저 곁에 머물며 함께 숨 쉬는 고요한 시간, 손끝의 온기, 맞잡은 손의 부드러운 촉감…. 그 사소한 순간들이야말로 환자가 마땅히 누려야 할 가장 고귀한 권리이자, 인간으로서 누리는 마지막 존엄이다.

김옥란 엄마께 드립니다.

어느덧 엄마의 기억 속에 하얀 눈이 내리기 시작했습니다. 풍경이 하나둘 지워지고, 내가 서 있던 자리마저 침묵에 잠겨가는 것을 봅니다. 사람들은 이것을 병(病)이라 부르지만, 나는 엄마가 긴 여행을 떠나기 전 세상의 번잡한 기억들을 정성스럽게 지우며 영혼을 가볍게 비워내는 중이라고 믿고 싶습니다.

엄마, 이 이별이 너무 길어 때로는 숨이 턱 끝까지 차오르기도 합니다. 하지만 이 시간은 어쩌면 신께서 우리에게 주신 마지막 선물일지도 모릅니다. 단번에 끊어지는 날카로운 슬픔이 아니라, 조금씩 천천히 놓아주는 법을 배우라는 가르침 말입니다. 당신을 자유롭게 놓아드리고, 비워진 자리를 원망이 아닌 더 깊은 사랑으로 채우라는 신의 배려였겠지요.

이제 엄마의 생(生), 그 마지막 페이지를 위해 조금 이른 인사를 준비합니다. 돌아가신 아버지께는 그리움을 담아 몇 번이고 편지를 썼지만, 정작 엄마에게는 그럴 이유가 없었습니다. 굳이 말이나 글로 표현하지 않아도, 엄마는 내 작은 목소리의 떨림만으로도 나의 모든 상황을 단번에 알아채는 분이었으니까요. 내게 엄마는 무엇도 숨길 수 없는, 여과 없이 나를 비추는 존재였고 내 모든 감정의 마침표였습니다.

하지만 이제 엄마는 한 발짝 더 깊은, 아득한 침묵 속으로 걸어 들어가고 있습니다. 언젠가 내 목소리가 더는 엄마에게 닿지 않게 될 그날을 예감하며, 나는 마음의 가장 깨끗한 곳에 이 말들을 미리 새겨둡니다.

혹시라도 기억이 모두 흩어져 우리가 서로를 알아보지

못하는 순간이 오더라도, 내 목소리를 알아채던 당신의 그
내밀한 마음만은 이 기록 속에 남아 영원히 지워지지 않는
사랑의 문장으로 머물기를 기도합니다.

　엄마, 당신의 잘못이 아니었습니다.
　기억을 잃어가는 것도, 가끔 나를 낯선 이처럼 바라보며
상처를 주는 것도 결코 당신의 잘못이 아닙니다. 밤잠을 설
치며 당신을 보살피고 비 내리는 길 위에서 당신의 뒤를 쫓
았던 나의 수고 또한 미안해하지 마세요. 밤새 소변을 적신
것도 그만큼 잠을 푹 주무셨다는 증거이니 괜찮습니다. 내
코가 무뎌진 것인지, 이제 엄마의 소변 냄새쯤은 아무렇지
도 않습니다. 오히려 그 냄새조차 엄마가 아직 내 곁에 숨
쉬고 있다는 흔적 같아 소중할 뿐입니다.
　당신이 흘리는 눈물도, 당신이 남긴 얼룩도 내게는 모두
우리가 함께 살아내고 있다는 눈물겨운 증명입니다. 그러
니 엄마, 미안해하지 말고 그저 내 곁에 머물러만 주세요.

　엄마, 이제는 무거운 짐을 내려놓아도 괜찮습니다.
　평생을 누군가의 딸로, 또 누군가의 엄마로 살며 그 이
름에 지워진 숙명을 십자가처럼 짊어지고 사셨던 당신. 어
느 순간부터 형제들을 위한 기도만 하시는 엄마를 보며 우
리 자녀들은 잊힌 것 같아 내심 서운하기도 했습니다. 하지

만 이제 압니다. 엄마가 살아온 모든 순간이 이미 우리를 향한 기도였음을요. 그러니 이제 우리를 위한 기도는 그만 내려놓으셔도 됩니다.

기계의 힘으로 숨을 이어가야 하는 잔인한 순간이 온다면, 나는 기꺼이 당신의 손을 놓아드리려 합니다. 그것은 결코 포기가 아닙니다. 엄마의 영혼이 육신의 감옥을 벗어나 더 자유롭고 평화로운 하늘로 날아오를 수 있도록 돕는 나의 마지막 효도입니다. 나는 차가운 병실의 기계 소음 대신, 내 따뜻한 숨결과 낮은 기도 소리 속에서 당신을 배웅하고 싶습니다.

엄마, 이제는 기꺼이 투정하셔도 됩니다.

물 위에도 길을 내는 굳건한 믿음으로 살아온 세월, 계산 없이 남을 먼저 살피며 살아온 당신의 삶은 이미 충분히 눈부셨습니다. 그러니 이제는 그 무거웠던 신앙의 짐조차 가볍게 내려놓으세요. 예배가 고단하면 하루쯤 거르셔도 괜찮고, 설교가 길다고 아이처럼 투덜대셔도 괜찮습니다. 하나님께서는 당신의 정갈한 기도문보다, 지금 내뱉는 정직한 한숨과 투정을 더 귀하게 여기실 테니까요.

엄마는 치매라는 기억의 폐허 속에서도 딸인 내게만은 끝내 날 선 말 한마디 뱉지 않으셨지요. 나와 다투는 순간에도 '나쁜 년들'이라며 엉뚱한 세상을 원망할지언정, 마지막 보루처럼 당신의 딸만은 비난의 화살로부터 필사적으로 지켜내셨습니다. 하지만 엄마, 이제는 제게 욕을 퍼부어도 괜찮습니다.

평생을 남의 시선과 도덕의 틀 안에서 '참는 것'만이 미덕이라 믿으며 스스로를 억눌러온 엄마. 어쩌면 흐릿해지는 기억의 소멸이라는 안식(安息)은 이제 타인이 아닌, 오직 자신에게만 솔직해지라는 하늘의 마지막 선물일지도 모릅니다.

그러니 엄마, 이제는 정말 참지 마세요. 당신의 흐트러진 모습까지도 내가 온전히 안아낼 테니, 그저 가장 당신다운 모습으로 이 계절을 지나가 주세요.

엄마, 나의 엄마여서 참으로 고마웠습니다.

어린 우리를 품 안에서 지켜낸 엄마의 치열했던 사랑처럼, 이제는 내가 엄마의 손을 꼭 붙잡고 병마와 마주합니다. 내가 더 건강하고 예쁘게 살아가는 것이 당신의 평생 소원이었음을 마음에 깊이 새깁니다. "살다보믄 그럴 수 있지"라고 하신 말씀처럼, 저도 그렇게 여유를 가지고 살아가겠습니다.

엄마에게 한 걸음 더 가까이 갈수록, 엄마를 사랑함이 내게는 복이었습니다. 야속한 시간 앞에 나의 깨달음은 늘 늦어버린 것 같아 가슴이 미어지지만, 엄마의 기억이 다 사라진 뒤에도 우리가 나누었던 사랑의 본질은 결코 사라지지 않습니다. 구름 자욱한 이별의 길 위에서 유진이와 함께 셋이 웃었던 그 순간들이 우리의 무지개가 되어줄 것입니다. 그 기억들이 있기에, 우리는 영원히 '행복한 사람'으로 남을 것입니다.

엄마, 미안해하지 마세요.

어느 날 엄마가 조용히 내뱉으신 "미안태이"라는 한마디에, 나는 굳이 뜻을 묻지 않았습니다. 대신 뒤늦은 대답을 올립니다. "엄마, 내가 진짜 미안해요."

더 잘 걷게 하겠다고 지팡이를 뺏고 혼자 걷게 했던 나의 미숙함이 못내 가슴을 칩니다. 정작 나는 당신의 든든한 지팡이가 되어주지 못했습니다. "나의 가장 사랑하는 엄마"라고 더 크게 외치며 한 번 더 안아드리지 못한 후회가 살아가는 내내 자주 떠오를 것 같습니다. 엄마 덕분에 하고 싶은 것, 재미있는 것들을 마음껏 누리며 살아왔는데, 그 아름다운 순간들을 정작 엄마와는 함께하지 못해 미안합니다.

당신의 기억이 썰물처럼 빠져나간 빈자리마다, 우리는 사랑이라는 이름의 매끄러운 조약돌을 하나씩 채워 넣겠습니다. 당신은 진짜 나의 '엄마'가 되기 위해 이 고통을 업고 다시 오셨다는 것을, 나는 이제 믿습니다.

육신의 평안만이라도 채워 드리려 안간힘을 썼던 나의

부질없는 욕심을 비워냅니다. 그 욕심이 빠져나간 자리에는 이제 우리 사이에 오직 맑은 영혼의 떨림만이 남았습니다. 엄마의 영혼이 평안해지니, 비로소 내 영혼에도 눈부신 햇살이 비치기 시작합니다.

우리에게 이별은 마침표가 아니라, 다음 문장으로 넘어가기 위한 긴 쉼표라는 것을요. 육신의 끈이 가늘어질수록 우리의 영혼은 오히려 거추장스러운 것들을 벗어던지고 더욱 선명하게 마주합니다.

"주님여, 이 손을 꼭 잡고 가소서."

엄마, 부디 두려워하지 말고 천천히 걸어가세요. 망각의 새벽 안개가 걷히고 다시 눈부신 햇살이 비치는 그곳에서, 우리는 가장 온전하고 아름다운 모습으로 다시 만날 것입니다.

"약하고 피곤한 이 몸을…"

찬송의 고백처럼 주님께서 그 손을 붙잡아주실 것을 믿기에, 나는 이곳에 남아 당신이 남긴 사랑의 흔적들을 길잡이 삼겠습니다. 엄마가 내게 보여주신 그 지독한 온정과 헌신을 기억하며, 당신의 존엄을 끝까지 지켜내는 든든한 파수꾼으로 서 있겠습니다.

우리가 다시 만나는 그날, 나는 엄마의 손을 잡고 말할 것입니다. 엄마가 내 엄마여서 참 좋았다고, 덕분에 내 삶은 언제나 눈부셨다고.

사랑합니다. 나를 가장 사랑했던 엄마, 정말 고맙습니다.

치매가 있어도 안심할 수 있는 사회:
경험자가 제안하는 구체적 대안

　치매라는 침입자가 예고 없이 우리 집 문턱을 넘었습니다. 사람들은 그것을 어리석고 멍해지는 병이라 부르며 고개를 돌리지만, 나는 엄마의 흐려진 눈동자 속에서 세상의 시간을 놓아주고 자기만의 시간으로 들어가는 여행자를 봅니다.

기억이 지워진 자리에 두려움이 차오르는 것은 결코 엄마의 잘못이 아닙니다. 그런데 그 고통을 오직 가족 한 사람의 어깨에만 지우는 일은, 우리 사회가 지닌 방관이라는 이름의 '죄'일지도 모릅니다.

오랫동안 우리는 이 병을 '노망'이라 부르며 삶의 중심에서 밀어내기에 급급했습니다. 그러나 이웃 나라 일본이 이말을 '인지증(認知症)'으로 고쳐 부르기 시작한 것은, 그것을 노화에 따른 어리석음이 아니라 그저 '인지의 변화'로 수용하겠다는 겸허한 고백에 가까웠습니다. 이름 하나가 바뀌었을 뿐인데도 환자를 바라보던 시선에는 조금씩 존엄이라는 온기가 깃들기 시작합니다. 돌봄의 온도가 따뜻해질 때 치매가 불안의 장막을 잠시 벗고 순한 얼굴을 드러내듯, 우리 사회의 시선이 바뀌면 돌봄의 풍경도 달라질 수 있습니다.

엄마를 돌보며 알게 되었습니다. 치매 돌봄은 더 이상한 가정의 성벽 안에서 해결될 문제가 아닙니다. 그것은 때로 지옥 같은 고립을 의미하기 때문입니다. 다행히 우리 곁에는 중앙치매센터와 촘촘한 치매안심센터들이 있어, 길 잃은 여행자에게 다정한 손길을 내밀어 주고 있습니다.

나는 그보다 더 큰 꿈을 꿉니다. 특별한 격리 시설이 아니라, 우리가 숨 쉬는 이 혜화동 골목 자체가 거대한 '치매 친화 마을'이 되는 꿈입니다. 단골 음식점과 카페의 사장님이 엄마의 길잡이가 되어주고, 길가의 벤치가 잠시 길을 잃은 엄마를 품어주는 안식처가 되는 마을. 어린아이들이 엄마의 반복되는 이야기를 귀찮아하지 않고, 마치 비밀번호처럼 함께 기억해 주는 동네라면 좋겠습니다.

외국의 '치매 마을(Dementia Village)'은 단지 잘 지어진 특별 시설이 아닙니다. 그것은 오히려 우리 사회가 선택해야 할 '존엄의 태도'에 가깝습니다. 기억이 흐려진 사람들을 격리하거나 숨기는 대신, 그 모습 그대로 우리 곁에서 살아도 괜찮다고 말해주는 공간. 길을 잃어도 혼나지 않고, 같은 질문을 백 번 해도 미소가 돌아오며, 느려진 엄마의 걸음이 곧 마을의 속도가 되는 풍경 말입니다.

그곳에서 돌봄은 더 이상 가족 한 사람의 막막한 희생이 아닙니다. 이웃과 사회가 함께 기억의 짐을 나누는 공동의 삶이 됩니다. 치매 친화 커뮤니티의 핵심은 격리와 보호가 아니라 일상의 유지와 자율성의 존중입니다. 통제가 아니라 자연스러운 생활 환경을 조성하고, 관리자가 아니라 관계 속에서 돌봄을 실천하며, 지역사회와 단절되지 않는 사회적 통합을 이루는 것입니다.

결국 치매 친화 마을이란 새로운 건축물이 아니라, 우리가 서로를 대하는 방식이 마을이라는 공간에 투영된 결과여야 합니다. 기억은 낡은 사진처럼 색을 잃어가도, 사람이 사람을 사랑하는 본능만큼은 결코 지워지지 않는다는 사실을 나는 골목을 오고 가는 다정한 시선들 속에서 확인받고 싶습니다.

"치매는 병이지만, 가족의 고립은 사회적 선택이다." 이 준엄한 사실을 우리가 잊지 않는다면, 간병의 눈물을 공공의 손으로 닦아주는 사회는 충분히 다가올 수 있습니다. 치매가 있어도 인간으로서의 기품을 잃지 않는 사회를 위해, 다음과 같은 구체적 대안을 제안합니다.

1. '치매 친화 마을(Dementia-Friendly Community)' 조성

치매 환자가 길을 잃어도, 가게에서 계산을 실수해도 누구 하나 찌푸리지 않는 마을이 필요합니다. 우체부, 편의점 직원, 약국·카페·세탁소의 종사자, 이웃 주민들이 치매 파트너 교육을 받고, 이상 행동을 '문제'가 아니라 '도움이 필요한 신호'로 이해해야 합니다. 마을 전체가 그들의 나침반이 되어야 합니다.

• 동네 거점 파수꾼 네트워크: 카페·약국·세탁소 같은 생활 거점을 "잠시 머물 수 있는 안전한 자리"로 연결

• 안심 동행 프로토콜: "혼내지 않기, 따지지 않기, 안전 먼저" 같은 간단한 원칙을 공유

2. 에이징 인 플레이스(Aging in Place)

살던 곳에서의 존엄한 노후입니다. 낯선 시설의 하얀 침대가 아니라, 손때 묻은 가구와 익숙한 골목 어귀, 다정한

이웃의 안부가 있는 '내 집'에서 생의 마지막 장을 써 내려가는 것.

그것은 환자 본인에게는 존엄을, 가족에게는 죄책감 대신 평온을 선물하는 길입니다. 마을이 거대한 요양원이 되고, 이웃이 가족의 확장판이 되는 세상. 이것이 우리가 꿈꾸는 진정한 복지의 얼굴입니다.

3. '그룹홈(Group Home)' 같은 소규모 가정형 돌봄 확산

병원이나 대형 수용시설 중심이 아니라, 가정과 비슷한 환경에서 소수의 어르신이 생활 리듬을 유지하며 지낼 수 있는 선택지가 필요합니다. '보호'만이 아니라 역할과 일상을 남겨두는 돌봄입니다.

- 작은 규모, 익숙한 동선: 집처럼 움직일 수 있는 공간
- 생활의 역할 부여: 식사 준비, 정리, 가벼운 집안일 등 할 수 있는 것을 존중

4. 세대 통합형 돌봄 공간(유치원·치매센터 결합 모델) 도입

아이들의 맑은 웃음은 어르신의 감정을 환하게 하고, 어르신의 느린 시간은 아이들에게 삶의 결을 가르칩니다. 그곳에서 노인은 돌봄의 대상만이 아니라 마을의 어른이 되고, 아이들은 존재 자체로 어르신의 고립을 누그러뜨리는 따뜻한 치료제가 됩니다.

• 함께하는 일상 프로그램: 동화 읽기, 텃밭, 간단한 놀이·노래
• '함께 있음'의 처방: 성과보다 관계, 교육보다 공존

5. '가족 휴식(Respite Care)' 제도의 실질적 확대
간병은 끝이 보이지 않는 장거리 경주입니다. 보호자가 먼저 쓰러지면 환자의 세계도 무너집니다. 국가가 단기 보호 서비스를 충분히 늘려, 보호자가 죄책감 없이 숨을 고를 수 있는 시간을 보장해야 합니다.
• 보호자 휴식권의 제도화: 정기적·반복적 휴식이 가능한 구조
• 돌봄의 회복탄력성: 쉼이 있어야 돌봄에도 다시 온기가 돌아옵니다

6. 인지 친화적 환경(Universal Design): "마음의 눈으로 읽히는 마을"
안내판과 보행로를, 엄마처럼 자기만의 시간을 사는 분들도 직관적으로 이해할 수 있도록 바꾸어야 합니다. 복잡한 글자와 기호는 오히려 장벽이 됩니다.
• 직관적 길잡이: 글자뿐 아니라 색·그림·상징으로 길을 안내
• 안심 보행로와 '기억 쉼터': 곳곳의 벤치와 쉬어 갈 지

점을 촘촘히 배치

(엄마가 의자만 보면 앉고 싶어 했던 것은 다리가 아파서만이 아니라, 세상과 다시 연결되고 싶다는 마음의 신호였음을 나는 뒤늦게 알았습니다.)

7. '전문 후견인' 제도의 보편화와 법적 보호 강화

환자가 스스로 의사결정을 할 수 없게 되었을 때, 재산 관리나 의료적 선택을 돕는 공공 후견의 문턱을 낮춰야 합니다. 가족 간 갈등을 줄이고, 환자의 마지막 의사(연명의료 중단 의향 등)가 왜곡되지 않도록 법적·윤리적 안전장치를 강화하는 일은 국가의 의무입니다.

8. 죽음을 준비하는 '공동체적 대화'의 장(場) 만들기

사전연명의료의향서를 작성하는 일이 어두운 골방의 고민이 아니라, 동네 보건소나 문화센터에서 자연스럽게 이야기되는 문화가 되어야 합니다. 죽음 또한 삶의 일부임을 인정하고, 어떻게 존엄하게 저물 것인가를 함께 고민할 때 우리는 공포로부터 조금 더 자유로워질 수 있습니다.

인간의 가치는 그가 무엇을 기억하느냐가 아니라, 그가 존재한다는 사실 자체에 있습니다. 기억이 사라진 빈자리를 비난이나 격리가 아닌 이웃의 배려와 제도의 울타리로 채우는 사회. 그런 사회에서라면 우리는 사랑하는 이의 기

억이 저무는 것을 조금 더 평온한 마음으로 지켜볼 수 있을 것입니다.

겨울이 깊을수록 봄의 발소리는 가까워집니다. 치매라는 추운 계절을 지나는 모든 가정 위에, 사회라는 이름의 따뜻한 외투가 입혀지기를 간절히 바랍니다.

TIP | 유진맘의 간병 노트 4:
연명치료 거부

　연명치료를 거부한다는 것은 생명을 경시하는 오만이 아니라, 창조주가 허락한 생명의 유통기한을 겸허히 받아들이겠다는 뜻이라고 믿는다. 기계의 힘으로 폐에 공기를 밀어 넣고, 차가운 관을 통해 영양을 주입하는 행위가 과연 엄마를 위한 사랑일까. 아니면 이별의 슬픔을 유예하고 싶은 나의 이기심일까.

　엄마가 더 이상 나를 기억하지 못하고, 스스로 숨을 쉬지 못하는 순간이 오더라도 엄마의 영혼은 그대로 고귀하다. 그 고귀함을 지켜드리는 길은, 육신을 기계 속에 가두는 것이 아니라 가장 평온한 모습으로 당신이 오신 곳으로 되돌려 보내드리는 일일지도 모른다.

　나의 사랑은 이제 '붙잡는 손'에서 '놓아주는 손'으로 바뀌어야 한다. 억지로 생의 시간을 늘려 고통을 연장하기보다, 엄마의 마지막 페이지가 기계음이 아닌 "사랑합니다"라는 고백으로 채워지길 기도한다. 기억은 희미해졌어도 그 너머에 있는 엄마의 본질은 햇살처럼 눈부시다.

　엄마의 치매는 우리 가족 모두를 흔들었다. 그 풍랑 속에서 나는 딸에게도 미리 부탁을 남겨 둔다. 내 마지막은 가능하다면 내가 스스로 감당하고, 내 삶의 끝이 누군가에게 무거운 짐이 되지 않기를 바란다고. 그러나 인생은 알 수 없다. 엄마처럼 나 또한 치매라는 망각의 늪에 갇혀, 내 마지막 순간을 인지하지 못하게 될지도 모른다. 그래서 더더욱, 내 의사를 또렷할 때 미리 남겨 두려 한다. 누군가의 결정을 흔들기 위해서가 아니라, 남겨진 이들을 불필요한 죄책감과 갈등에서 지켜주기 위해서.

나는 오늘, 엄마의 이름으로 된 사전연명의료의향서를 앞에 두고 애잔한 눈물을 떨군다. 이것은 나의 마지막 불효가 아니다. 엄마의 삶을 가장 아름다운 완성으로 이끌어드리고 싶은, 나의 마지막 헌사(獻辭)다. 저물어가는 노을이 아름다운 이유는 억지로 빛을 붙잡지 않기 때문임을, 아프게 배우고 있다.

아름다운 이별을 위한 체크리스트

1. 육신의 고집을 내려놓는 '존엄의 서약'
가장 먼저 준비해야 할 것은 사전연명의료의향서다. 생명을 포기하는 문서가 아니라, 마지막 순간까지 인간으로서의 기품을 지키겠다는 '존엄의 선언'이다. 기계의 숨결이 아닌 가족의 온기 속에서 자연스럽게 저무는 저녁을 선택하는 용기가 필요하다.

2. 마음의 매듭을 푸는 네 가지 고백

이별이 문턱에 와 있을 때, 우리는 해묵은 감정의 실타래를 풀어야 한다.

- "미안합니다": 용서를 구하지 못한 마음의 빚을 갚는 일
- "용서합니다": 나에게 상처 준 이들을 내 마음에서 놓아주는 일
- "고맙습니다": 당연하게 여겼던 모든 순간에 감사를 올리는 일
- "사랑합니다": 부끄러움에 가둬 두었던 그 말을 아낌없이 건네는 일

3. 영혼의 거처를 정하는 '기억의 정리'

떠난 뒤의 자리가 소란스럽지 않도록 주변을 정돈하는 일은 남겨진 이들에 대한 최고의 배려다. 소중한 물건을 누구에게 전할지, 마지막 인사는 어떤 방식으로 치러지길 원하는지, 나를 기억해 줄 이들에게 남길 짧은 편지 한 통이 있는지 차분히 점검한다.

4. 고통 너머의 평안을 준비하는 '돌봄의 선택'

치료가 더 이상 희망이 되지 못할 때, 우리는 '치유'가 아니라 '돌봄'에 집중해야 한다. 통증을 완화하고 평안을 돕는 호스피스·완화의료를 미리 알아 두는 것은, 사랑하는 이를 시린 겨울 한복판에 홀로 두지 않겠다는 사랑의 실천이다.

에필로그:
그래도, 우리는 혜화동에 삽니다

엄마의 기억은 매일 아침 파도에 씻기는 모래 그림처럼 사라진다. 하지만 그 백지 위에서 우리는 매일 새로운 사랑을 시작한다. 퍼즐 조각은 때로 맞지 않고, 우산은 방 안 가득 펼쳐져 혼란스럽지만, 그 모든 어그러짐조차 우리 삶의 소중한 무늬였음을 이제는 안다.

엄마는 아직 다른 곳으로 떠나지 않았다. 요양 시설도, 완전히 분리된 공간도 아닌 이 정겨운 혜화동에서 엄마와 함께 살고 있다. 학생들이 오가고, 관광객이 길을 묻고, 늦은 밤까지 카페의 불빛이 창가를 비추는 이 동네는 늘 조용하지만은 않다. 엄마의 속도와 세상의 속도는 자주 어긋나지만, 그럼에도 우리는 이곳에 머물러 있다.

엄마는 지금도 길을 헷갈려 한다. 어제와 오늘의 경계는 흐릿하고, '집'이라는 말의 의미도 날마다 새로 배운다. 그런데 혜화동의 골목은 이상하게도 낯선 여행을 하는 엄마를 완전히 밀어내지 않는다. 같은 질문을 되풀이해도 누군가는 대답해 주고, 느린 걸음에도 누군가는 기다려 준다. 이름을 잊은 순간에도 얼굴을 기억해 주는 이웃들의 다정함 속에서, 세상은 여전히 따뜻한 곳임을 배운다.

"언니는 오데 간노? 엄마는 아즉 방에서 자고 있나?"

어느 결에 가장 의지했던 큰이모와, 돌아가신 외할머니를 찾는 엄마의 물음에 가슴 한구석이 시려 올 때가 있다. 이제 좀나아졌나 싶어 마음의 끈을 놓으려 할 때마다, 엄마는 어김없이 기억의 저편에서 길을 잃고 그 말을 던진다. 그래도 예전처럼 당황하며 눈시울을 붉히지는 않는다. 이제는 "이모 잠깐 나가셨나 봐요"라고 부드럽게 답할 수 있는 여유가 생겼다. 엄마의 헝클어진 시간 속으로 기꺼이 들어가 함께 길을 잃어줄 수 있는 마음의 근육이 자라난 모양이다.

서울이라는 낯설고 딱딱한 환경에서 엄마는 참으로 치열하게 병증을 쏟아내셨다. 평생 성실하셨던 분이라 치매마저 저토록 '열심'인가 싶어 야속할 때도 있었다. '만약 치매에 걸리지 않은 예전의 우리 엄마가 지금의 이 모습을 보셨다면, 결코 가만히 계시지 않았을 텐데' 하는 서글픈 상념에 잠기기도 했다. 그런데 그 소란스러웠던 시간들이 사실은 나의 미숙함에 맞서, 나를 단련시키기 위한 엄마만의 고통스러운 사랑의 방식이었음을 나는 비로소 아프게 마주한다.

폭풍우 이는 물 위로 걸어오라 하시는 그분의 음성을 든는다. 밤새 절망의 노를 젓다 마주한 엄마의 치매는 너무도 두려워, 처음엔 나를 집어삼키려는 유령인 줄만 알았다. 그러나 그것은 나를 풍랑 위로 걷게 하려는 엄마의 마지막 손길이었다. 자식을 결코 광야에 홀로 두지 않겠다는 그 눈물겨운 사랑의 실천은, 나를 단련시키기 위한 엄마만의 아픈 사랑법이었다.

요즘 엄마에게는 새로운 습관이 생겼다. "현관문은 엄마 손만 대면 고장이 난다"는 나의 간절한 거짓말을 믿어주기로 하신 모양이다. 세상을 향해 거칠게 문을 두드리던 손길은 이제 문 앞에 서서, 누군가 '문을 잘 여는 손'이 오기만을 가만히 기다리는 순한 기다림이 되었다.

"엄마, 오늘은 밥을 많이 드셨으니 문을 열 수 있을 거예요. 힘껏 열어보세요."

나의 부추김에도 엄마는 가만히 손을 내리며 말씀하신다. "아이다. 내는 몬한다."

평생 자식들 입에 밥을 넣어 주기 위해 쉼 없이 내밀었던 그 투박한 손은 엄마의 정직한 역사다. 문을 여는 법을 잊은 것이 아니라, 딸의 곤란함을 알아채고 고집을 내려놓는 법을 새로 배운 것이라 믿고 싶다. 그러면서도 매일 아침 집을 나서며 "내 얼굴은 어떤노? 남보기 개안나?" 하고 물으시는 그 고운 마음결을 보면, 고맙고도 가슴이 아릿해진다.

무너진 기억의 파편들 사이에서 자기만의 질서를 다시 찾아가는 엄마의 뒷모습을 본다. 겨울 아침 엄마는 "저 해비치(햇빛)로 가야지" 하며 아침 햇살을 반긴다. 겨울의 인색한 햇빛 한 모금에 몸과 마음을 씻어내는 엄마. 그 굽은 등을 바라보며, 이 깨어지기 쉬운 평온함이 조금이라도 더 오래 머물러 주기를 간절히 기도한다. 내가 엄마에게 돌려드려야 할 인생의 빚이, 이제는 빛이 되어 엄마의 등에서 반짝이고 있다.

밤사이 소변에 젖은 기저귀를 마주하는 아침, 그것을 수치라 부르지 않기로 했다. 그것은 엄마가 그만큼 깊고 평안한 잠을 주무셨다는 평온의 증거이기 때문이다. 이제는 그 시큼한 냄새조차 그리 고약하게 느껴지지 않는다. 내 코가 무뎌진 것일까, 아니면 엄마라는 존재 자체가 그 냄새를 덮어버릴 만큼 내게 소중해진 것일까. 사랑은 때로 감각마저 초월하게 만드는 신비로운 힘이 있다. 그 지독했던 시간들을 건너오고서야, 내 엄마가 다시 금쪽같은 존재로 보이기 시작한다.

엄마는 이 혜화동에서 매일 여행을 한다. 때로는 골목에서 길을 잃기도 하지만, 그때마다 이웃들이 엄마를 집으로 모시고 온다. 특히 Goodness Cafe(굿네스 카페) 사장님이 엄마에게 건네는 따뜻한 차 한 잔은, 엄마가 길 위에서 마주하는 다정한 등불이 되어준다. 엄마에게는 마주치는 모든 얼굴이 궁금하고, 발을 내딛는 보도블록 하나하나가 경이로운 탐험의 연속이다.

저 멀리 8번 마을버스가 모퉁이를 돌아올 때, 엄마의 얼굴엔 아이 같은 설렘이 번진다. 지워진 지도 위에서도 그 버스는 여전히 반가운가 보다.

“엄마, 저 버스 타고 연홍이모할머니집 갈까요? 아니면 감천가 외갓집에 갈까요?”

엄마는 먼 길을 돌아온 여행자처럼 단호히 손사래를 치신다. “아이구, 암데도 안 간다. 씰데없는 소리 고마해라.”

“그러면 엄마, 이제 천국 가시려고요?”

순간의 정적 끝에 우리의 웃음소리가 좁은 골목길에 번져 나간다.

지켜보되 통제하지 않고, 놓치되 포기하지 않는 시간. 이것은 더 이상 일방적인 희생인 ‘돌봄’이 아니다. 잎을 떨군 겨울나무가 사실은 가장 깊은 생명력을 안으로 품고 있듯, 엄마와 나의 걸음도 이 추운 계절 속에서 더욱 단단해지고 있다. 이 동네에서 엄마는 환자가 아닌 ‘나이 든 이’로, 나는 돌보는 이가 아닌 ‘함께 사는 딸’로 존재한다. 치매와 함께 사는 삶이 아름답다고는 말할 수 없지만, 무조건 비극이라고도 말하지 않겠다.

어제의 딸이 오늘의 언니가 되고, 내일은 또 이름 모를 이가 되어 나를 낯설게 바라본다 해도 괜찮다. 엄마의 기억 속에서 나의 자리는 매일 흐릿해지겠지만, 우리는 서로의 눈동자 속에서—기억이라는 껍데기가 벗겨진 뒤에야 드러나는—사랑의 본래 얼굴을 확인하기 때문이다.

본향으로 가는 그 길 위에서 엄마는 내 뒤를 따라오겠다고 약속했다. 우리는 매일 새로운 이름으로 만나고, 매일 처음 같은 사랑을 시작할 것이다.

비가 오고 바람이 불어도, 앞길이 아득한 안개에 잠겨도 괜찮다.

"엄마, 우리 오늘도 혜화동 골목을 씩씩하게 걸어가요."

혜화동 한옥에서 치매 엄마랑 살아요

김영연 지음

발행일
초판 1쇄   2026년 2월 20일
        2쇄   2026년 3월 18일

지은이   ● 김영연
펴낸이   ● 김종해
펴낸곳   ● 문학세계사
출판등록   ● 1979. 5. 16. 제21-108호

주소   ● 서울시 마포구 신수로 59-1(04087)
대표전화   ● 02-702-1800
팩스   ● 02-702-0084
이메일   ● munse_books@naver.com
홈페이지   ● www.msp21.co.kr

ISBN 979-11-93001-91-2(03810)
ⓒ 김영연, 문학세계사